CW00968445

MEURTRE À L'ASSEMBLÉE

Après avoir été juge d'instruction, député, ministre, président de l'Assemblée nationale, Jean-Louis Debré est actuellement président du Conseil constitutionnel. Il est également l'auteur d'ouvrages historiques – *Les Oubliés de la République* ou *Dynasties républicaines* – et de romans policiers comme *Quand les brochets font courir les carpes* et *Jeux de haine*.

Paru dans Le Livre de Poche :

QUAND LES BROCHETS FONT COURIR LES CARPES

JEAN-LOUIS DEBRÉ

Meurtre à l'Assemblée

ROMAN

FAYARD

© Librairie Arthème Fayard, 2009.
ISBN : 978-2-253-13415-2 – 1re publication LGF

À Charles-Emmanuel, Guillaume, Marie-Victoire,
Marie-Noëlle, Stacey, Camille, Gabrielle, Aurèle,
et Grégory, Caroline, Alexandre.

À la mémoire d'Anne-Marie.

Chapitre premier

« Quels sont, s'il vous plaît, vos date et lieu de naissance ?

– Je ne dépose pas plainte…

– Sur le procès-verbal, je dois mentionner votre identité et vous poser certaines questions. À la fin, vous indiquerez ne pas vouloir vous constituer partie civile.

– Quoi ?

– Vous préciserez que vous n'envisagez pas le dépôt d'une plainte.

– Si je comprends bien, vous allez m'interroger, me questionner ?

– Oui, il me faut remplir un imprimé, marquer votre nom, détailler votre état civil. Vous êtes donc Pierre Bombomy, né le…

– Tout cela pour dire que rien n'a été volé et que je ne me plains pas ? C'est absurde ! Pas surprenant qu'il y ait autant de fonctionnaires en France ! Il faut décorer celui qui a émis l'idée qu'un imprimé est indispensable pour déclarer qu'on ne se plaint de rien ! Il doit en falloir, des gratte-papier, pour remplir tous ces questionnaires inutiles, analyser toutes ces réponses sans intérêt ! Pourquoi surcharger encore de travail la police ? On n'en parle plus, c'est tout : ni vu, ni connu. Vous me comprenez, commissaire ?

– Simplement capitaine…

– Capitaine ? Comme dans l'armée ? On ne dit plus commissaire ?

– Si, mais plus inspecteur…

– Avant, tout était simple ; maintenant, tout est compliqué : vive les technocrates ! Je ne me ferai jamais à ces changements.

– Cela fait déjà un certain temps qu'il en est ainsi…

– Je ne suis pas familier des mœurs de la police… Mais je ne sais plus très bien où j'en étais. Ah oui, voilà : pas de plainte, et l'assurance remplacera la porte. Terminé, on passe à autre chose. J'étais absent depuis plusieurs jours ; en revenant, j'ai constaté que ma porte avait été forcée. Je n'ai rien d'autre à dire. Pas la peine d'aller plus loin…

– J'ai encore deux ou trois questions…

– Rien à déclarer ! »

Je ne peux faire autrement qu'insister. Il y a eu effraction ; le gardien, au nom du gérant, a déposé plainte auprès des collègues venus sur place procéder aux constatations d'usage. Je dois rédiger un rapport d'enquête qui sera transmis au parquet, en la personne du procureur de la République. Ce genre de personnages, nous en rencontrons assez fréquemment. Par mépris des flics, ils ne nous répondent pas, nous prennent de haut, finissent malgré tout par céder : cela prend plus ou moins de temps. C'est pourquoi je persiste à poser les questions indispensables à la poursuite de l'enquête :

« Avez-vous des soupçons sur l'auteur de l'effraction commise à votre domicile ? Sur ce qu'il recherchait ?

– Il s'agit donc d'un interrogatoire en bonne et due forme ? Je suis un criminel, un dangereux délinquant ! Pourquoi ne me passez-vous pas les menottes ? Vous devriez m'attacher au radiateur pour m'empêcher de m'enfuir de chez moi ! Si ça continue, vous allez peut-être même me tabasser, me braquer votre flingue sur la tempe pour me faire parler. Tout cela est grotesque ! J'ai déjà perdu assez de temps avec cette connerie de cambriolage avorté. Je ne sais rien : vous êtes content ? Vous allez pouvoir compléter à votre guise cet imprimé débile.

– Je vous en prie, il ne sert à rien de s'énerver.

– Je ne m'énerve pas. Je suis la victime, je ne dépose pas plainte. Pas la peine d'en faire un drame, d'autant moins que je n'ai pas de temps à perdre. Je ne vous en veux pas personnellement, vous faites votre boulot, mais je suis déjà en retard. Voilà. Tout est dit. Je m'en tiens là. Franchement, consacrer de précieuses minutes à répondre à des questions aussi absurdes, qui ne déboucheront sur rien ! Il se commet chaque jour dans Paris des centaines de cambriolages ou tentatives de cambriolages dont les auteurs resteront aussi inconnus qu'impunis : pourquoi s'encombrer de formalités inutiles et ennuyer les honnêtes gens ? Vous avez mieux à faire ! Merci de vous être dérangé… »

Ce sempiternel sermon, je le connais par cœur. Et puis, je n'aime pas qu'on me dicte ce que je dois faire, ne supporte pas les donneurs de leçons. Je ne suis pas d'humeur à me laisser impressionner par celui-ci. Assimiler les flics à des ronds-de-cuir m'a toujours mis en rogne. Nous ne sommes pas des planqués, assis derrière leur bureau à attendre la fin de la journée ou à calculer comment, grâce aux « ponts », nous pourrions grappiller des jours de vacances en plus… Je fais mon boulot du mieux possible, c'est tout.

« Même si rien n'a été dérobé, nous ouvrons quand même une enquête. Il y a eu effraction, nous avons été avertis…

– Commissaire… pardon, capitaine… J'ai été clair, me semble-t-il, je n'ai aucune déclaration à faire. Faites votre travail comme vous l'entendez. Pour moi, l'incident est clos. Rien n'a été volé, je ne dépose pas plainte. J'ai tout dit.

– Je peux vous demander votre profession ?

– Et pourquoi pas aussi le nombre de mes maîtresses, l'adresse de mon dentiste, et si j'ai déjà eu les oreillons… ? On continue dans le registre grotesque ! Vous me questionnez comme si j'étais suspecté de quelque crime horrible, ou un dangereux terroriste… Franchement, vous n'avez rien de mieux à faire ? Allez plutôt courir après ces camés qui pourrissent nos jeunes et agressent nos grand-mères !

– Le gardien de votre immeuble nous a avertis des faits et nous avons constaté que la porte de votre appartement avait bien été fracturée ; nous avons le devoir de nous poser et de vous poser des questions…

– Et moi, j'ai le droit de ne pas y répondre, de ne rien dire, de ne parler qu'en présence de mon avocat.

12

J'ai un ami à la préfecture de police, je vais l'appeler…

– Cela ne servira à rien. Je mentionne donc dans mon procès-verbal que vous ne souhaitez pas répondre à mes questions… La seule pièce à avoir été fouillée est votre bureau ; les tiroirs de la table ont été renversés, leur contenu éparpillé, de même que pour les classeurs du meuble de rangement. Aviez-vous de l'argent caché, des valeurs, bijoux, documents, lettres confidentielles… ?

– Voici l'Inquisition ! Je vous confirme que rien n'a disparu. Je ne dépose pas plainte : c'est clair ? Je vous remercie, et nous arrêtons là cette bouffonnerie.

– Vous ne voulez rien dire. C'est votre droit, le procureur appréciera. Merci quand même de bien vouloir signer ce procès-verbal. »

Je lui tends l'imprimé que j'ai préparé au commissariat avant de venir.

« Généralement, on signe ses aveux. Or, je n'ai rien dit ; je ne signe donc rien ! Merci et au revoir : j'ai du travail, je ne suis pas aux 35 heures, moi ! »

Il tourne les talons et se dirige vers la porte de l'appartement, l'ouvre et me fait signe de sortir. Il me congédie comme un malpropre. J'en ai rencontré, des arrogants, des prétentieux, des méprisants, mais, à ce degré-là, jamais ! Ça n'est pas parce qu'il habite un prétendu beau quartier, qu'il doit être bourré de fric, acheter chez Hermès des sacs à main pour ses gonzesses, rouler en Mercedes ou en BMW, aller en weekend à Deauville au printemps, l'été sur la Côte, à Megève en hiver, qu'il doit automatiquement nous prendre

pour des larbins, des palefreniers, des moins-que-rien !
Cette catégorie d'individus sont mus par une sorte de
réflexe pavlovien : quand ils aperçoivent un flic, il se
mettent à grogner.

Ils considèrent que nous ne devons être là que dès
l'instant où ils ont besoin de nous, ou pour verbaliser
ceux qui les dérangent, jamais eux ! Ils sont hors droit.
Les lois s'appliquent aux autres, en aucun cas à leur
petite personne. Je me dis que j'aurais dû le convoquer
au commissariat. Il est vrai qu'avec tous les présidents
de société, avocats d'affaires et personnalités politiques
ou du show-biz qui vivent dans cet arrondissement,
le patron préfère qu'on se déplace : « Cela donne une
bonne image de la police nationale », dit-il. Peu
importe : je n'ai pas l'intention de le lâcher. J'ai horreur d'être humilié, surtout par ce genre de quidams.
Il ne veut pas dire la vérité, c'est son droit, mais il ne
s'en tirera pas à si bon compte. Je vais lui rabaisser
son caquet et lui faire regretter son attitude à mon
endroit. Je la considère comme désobligeante vis-à-
vis de l'ensemble de mes collègues.

Compte tenu des constats opérés, il est fort peu probable que l'effraction ait été le fait de drogués cher-
chant de l'argent pour s'acheter leur came. L'examen
sommaire de la porte par les collègues a montré qu'elle
a été à peine forcée, comme si le voleur avait eu les
clefs ou avait simplement asséné un grand coup dans
la serrure pour faire croire à l'effraction.

Le type ne dépose pas plainte, ne fournit pas une
impressionnante liste d'objets, argenterie ou tableaux
volés : cela ne ressemble donc pas non plus à une

14

escroquerie à l'assurance, ni à une arnaque au fisc. À moins qu'il ne souhaite pas préciser ce qui lui a été dérobé, l'origine en étant douteuse, ou bien ayant été réglé en liquide et non déclaré aux impôts dans le cadre de l'ISF ?

Je me demande si la piste de l'avertissement n'est pas une hypothèse plus plausible. Mais pourquoi l'intimider ? dans quel but lui faire peur ? Finalement, la découverte du mobile de ce cambriolage, ou plus probablement de cette apparence de cambriolage, m'éclairera sur les mobiles de ce personnage antipathique et assurément malhonnête. Seul côté positif de cette banale enquête : remettre les pendules à l'heure avec cet insupportable individu. Une petite revanche fait parfois du bien.

Une brève conversation avec le gardien d'immeuble s'impose. Pour un flic, les concierges sont une inépuisable source d'informations. Eux et les chauffeurs, les femmes de ménage, les maîtres d'hôtel sont pour nous des mines de renseignements. Ils ont généralement peur de la police, ou s'en méfient. Ils savent qu'il est préférable d'entretenir de bonnes relations avec les flics du quartier. Un jour ou l'autre, ils auront besoin d'eux et en ont conscience.

Parfois, les gardiens regardent avec jalousie et désapprobation la façon de vivre ostentatoire de certains occupants de l'immeuble dont ils ont la charge. En sortant les poubelles, le matin, ils ont matière à cultiver un certain sentiment d'injustice envers leurs locataires qui, les pingres, détournent souvent la tête au moment des étrennes. Il suffit de les exciter un peu ou de leur faire peur pour qu'ils parlent, racontent, préviennent, renseignent, dénoncent. Ce n'est pas pour rien qu'on appelait jadis les concierges des « pipelettes ».

« C'est pour quoi ?

– Police. J'ai des questions à vous poser.

– Je ne sais rien », réplique du tac au tac le gardien qui a entrouvert la vitre de sa loge au moment où je frappais.

« C'est bien vous qui avez constaté que la porte de l'appartement du troisième avait été fracturée ?

– Oui.

– Vous avez prévenu le commissariat.

– Non, d'abord mon patron : c'est clair…

– Qui est-ce ?

– Le gérant.

– Pour entrer dans l'immeuble, il y a un code ?

– Oui, et un interphone.

– Vous n'avez naturellement rien vu.

– Je suis pas collé toute la sainte journée à mon carreau ; j'arrête mon service entre midi et treize heures, et le soir à vingt et une heures : c'est clair !

– Vous connaissez le monsieur qui habite au troisième étage ?

– Pas spécialement…. J'en sais rien. J'suis pas au courant de ce que font les locataires. C'est pas mon boulot, de les surveiller : c'est clair, chef ? » dit-il en manifestant une légère mais très perceptible impatience, et en esquissant le geste de refermer la vitre qui me sépare de lui.

« On se calme ! D'abord, je ne suis pas chef, mais capitaine ; ensuite, je n'ai pas terminé. Vous répondez

16

à mes questions gentiment ; dans le cas contraire, je me fâche et vous embarque au commissariat.

– Ne vous mettez pas en pétard, capitaine… mais c'est clair : j'sais rien, j'tiens à mon boulot, c'est clair ! »

En signe de bonne volonté, il s'écarte de la vitre, entrouvre la porte de la loge, juste ce qu'il faut pour me permettre de m'y faufiler, puis la referme promptement. Il n'a apparemment pas très envie qu'on le surprenne à parler à un flic. Il rabat le rideau de la porte de façon à ne pas être vu de l'extérieur.

L'endroit ne semble pas être vraiment habité : une table, quatre chaises, ni tableau ni gravure accroché au mur, hormis un calendrier des sapeurs-pompiers de Paris. Sur la table, le journal des courses et plusieurs albums de bandes dessinées : Tintin, Astérix, Spirou et autres Lucky Luke. Sans attendre d'y être invité, je m'assieds afin de lui montrer que j'ai bien l'intention de rester aussi longtemps que je l'estimerai utile. Il n'a pas l'air à l'aise. Je lui remonte ma carte de police, il la regarde à peine. Il ne cesse de se tourner vers le rideau pour vérifier qu'il est bien tiré.

« Mon travail, monsieur le commissaire…

– Capitaine.

– Capitaine, si vous voulez. J'ai été embauché pour entretenir les escaliers, le hall, sortir les poubelles, distribuer le courrier, assurer une présence pour éviter les intrusions des démarcheurs, colporteurs, arnaqueurs et autres bonimenteurs. Je ne fréquente pas les gens qui habitent ici. Bonjour ou bonsoir quand je les croise : pas plus. La discrétion est ici de règle. Le gérant y tient absolument. Il n'est pas commode. Vous savez quelles sont ses consignes ?

— Dites.

— "Tu vois tout, tu entends tout, tu ne réfléchis pas. Tu ne dis rien à personne, pas même à la police, et tu me rapportes tout."

— Bon, tout cela m'est complètement égal… Mais ce monsieur, vous l'avez souvent vu ?

— Rarement.

— Il ne vit pas ici ?

— J'sais pas.

— C'est-à-dire ?

— Je le vois pas souvent. Vous en avez, de ces questions !

— Il vient accompagné par des femmes ? il reçoit du monde ?

— J'sais pas.

— Reçoit-il du courrier ?

— J'sais pas.

— Si vous continuez sur ce ton, votre petit jeu va très mal se terminer, et moi je sais bien où je vais vous embarquer : un petit tour au poste, rien de mieux pour stimuler la mémoire. J'ai horreur qu'on se paie ma tête, compris ?

— J'sais rien, c'est clair ! J'peux pas inventer rien que pour vous faire plaisir. Vous en avez de bonnes ! J'veux pas d'embrouilles. Pour pas avoir d'emmerdes, pas de bavardages : c'est ma règle. C'est clair ? J'fais le boulot d'un bulldog, j'grogne, j'aboie, mais j'bave pas, et j'remue pas la queue même quand on me caresse, y compris quand ce sont les flics. Clair ? J'ai rien vu. Allez trouver le gérant, il les connaît, lui, c'est clair… »

Sa manière de ne jamais me regarder en face, d'éviter de se tourner vers moi quand il me parle, de ne pouvoir sortir trois mots d'affilée sans ajouter son « c'est clair », m'horripile. Je n'ai rien à en tirer pour l'instant. Il ne parlera pas. Pour le contraindre à se mettre à table, il faudrait qu'il ait peur ou soit pris en flagrant délit de mensonge.

Je note son identité complète. Une petite recherche dans nos archives, on ne sait jamais, pourra donner matière à l'inciter à modifier son attitude et à lui faire recouvrer la mémoire. À l'évidence, son attitude est celle d'un vieux routier.

Mais quelle ambiance, dans cet immeuble de la chaussée de la Muette ! Pierre Bombomy, la victime, est silencieux comme une taupe. Je suis persuadé qu'il connaît le mobile de ce faux cambriolage, mais, par prudence, il n'avoue rien. Peut-être n'est-il pas aussi innocent qu'il voudrait le laisser paraître ? Il a du galon, de l'expérience, il joue l'effarouché, le scandalisé quand je l'interroge, mais ce n'est là que pure comédie. Son intérêt est que la police ne mette pas trop de zèle à poursuivre ses investigations. Quant au gardien, s'il ne parle pas davantage, c'est manifestement par peur de représailles. Mais qui craint-il ?

Chapitre 2

Ce banal fait divers m'intrigue autant qu'il m'excite. Une visite au gérant de l'immeuble s'impose d'emblée. Son adresse m'a été communiquée sans difficulté par le gardien, trop heureux de se défausser et de m'éloigner de sa loge.

Plutôt que de le convoquer au commissariat ou de le prévenir de ma venue, une petite audition improvisée évitera peut-être la langue de bois, les réponses toutes préparées, aseptisées, les dossiers javellisés, expurgés des documents les plus intéressants.

L'accueil que me réserve le syndic de copropriété – pour reprendre le titre auquel il tient manifestement – n'est pas particulièrement chaleureux. Il n'éprouve pas la moindre trace d'euphorie, c'est le moins qu'on puisse dire, quand je fais irruption dans son bureau. Il reste assis, ne m'invite pas à prendre un siège, ordonne à sa secrétaire de rester. Il me toise et son expression témoigne d'un dédain certain pour ce que j'incarne : la police.

Son allure de vieux beau usé par les excès en tout genre, ses cheveux plus violets que blancs, son costume à raies à la mode d'il y a au moins trente ans, le

fait de s'adresser à sa secrétaire à coups de « ma petite »
me le rendent particulièrement odieux.

Au fur et à mesure que je lui expose les raisons
précises de ma venue, une moue se dessine sur ses
lèvres, ses sourcils se froncent. Il se cale derrière son
bureau et se tasse dans un fauteuil assurément confortable mais bien trop imposant pour son corps étriqué.
À peine ai-je fini de lui préciser les motifs de mon
intrusion qu'il se redresse et me dévisage avec toujours le même évident mépris. Il laisse s'égrener
quelques petits instants de silence, puis me demande
de bien vouloir lui indiquer dans quel cadre juridique
j'agis, et si je suis officier de police judiciaire. Il fait
le malin, montre ses vieilles griffes, tient à m'exhiber
ses prétendues connaissances juridiques. Il se fait plaisir et veut impressionner sa secrétaire dont il doit abu-
ser à maints égards.

Je suis habitué à de telles réactions qui ne me font
absolument plus rien. Je sais que c'est un passage
obligé de la part de certains individus. Quand la police
intervient ainsi à l'improviste, il est fréquent qu'on
nous demande si notre action entre bien dans le cadre
des prescriptions du code de procédure pénale. « Avez-
vous le droit ? » Parfois aussi, pour nous impressionner, par réflexe ou dans l'arrière-pensée d'obtenir notre
compréhension, d'éveiller notre indulgence, voire
pour nous amadouer ou nous intimider, on nous
déploie de prétendues relations avec des formulations
variables du genre : « Vous le savez peut-être, mais je
suis très lié avec le député… », « Je connais bien le
maire de… », « Mon fils va à l'école avec celui du

préfet de police… », « Votre ministre est un excellent ami… » Cela ne m'émeut plus guère et chaque fois, pour éviter que la litanie des amis vrais ou faux ne se poursuive au-delà du raisonnable, je me borne à préciser que j'en ferai mention dans le procès-verbal qui sera transmis au procureur de la République ou au juge d'instruction. L'effet, je l'ai constaté, est positif et rend nos interlocuteurs plus discrets.

Le gérant abandonne sa posture. Il a saisi que son intérêt n'est pas, pour l'heure, de déclencher les hostilités. Il prend sur lui et me répond avec une courtoisie appuyée. Il me fournit quelques renseignements sur la victime.

L'appartement de cent mètres carrés, chaussée de la Muette, est loué depuis dix-huit mois au nom d'une société baptisée « Négoce international », représentée par son président, Pierre Bombomy. Au moment où le bail a été signé, ladite société était en voie d'immatriculation au registre du commerce. La caution représentant trois mois de loyer a été versée par chèque de banque tiré sur une agence bordelaise de la Société nationale de crédit, dont je note soigneusement l'adresse sur le petit carnet bleu qui ne me quitte jamais. J'en ouvre un par dossier – c'est ma mémoire, en sus de celle de mon ordinateur. Le loyer est régulièrement acquitté, mais en liquide. Aucun incident ne lui a été signalé avec ce locataire.

Chapitre 3

« Le Légionnaire », c'est son surnom depuis qu'il a servi dans la Légion – mais il pourrait aussi bien se faire appeler « le Missionnaire » –, de son vrai nom Paul Robin, est un spécialiste non du cambriolage, mais de l'ouverture des portes d'appartement. Son habileté est telle que bien peu de serrures lui résistent, même s'il lui faut aujourd'hui un peu plus de temps que naguère pour opérer du fait de la complexité des mécanismes.

Il est bien connu dans le milieu et loue cher ses services – trop, aux dires de certains. Il ne fait partie d'aucune bande, travaille sur commande, et seul. Son talent ne se limite pas aux portes d'appartement ; il est aussi reconnu pour sa grande habileté à fracturer rapidement les coffres-forts. Il ne s'attaque jamais à ceux des banques. Peu lui importe ce qui est dérobé, ou le mobile du vol. Il se fait payer avant l'opération. Ses honoraires étant particulièrement élevés, il refuse tout intéressement au produit du butin, mais rembourse la moitié de la somme perçue s'il n'a pu, de son fait, honorer la commande. Ce comportement n'est pas du tout apprécié du côté des petites frappes et des demi-sels.

Une fois son travail accompli, il quitte les lieux sur-le-champ, souvent avant même que le cambriolage à proprement parler ait débuté. Il reste étranger au partage du butin ou à sa dispersion auprès des receleurs. Cette attitude lui a jusqu'à présent évité de passer trop de temps derrière les barreaux. Pour n'être pas vierge, son casier judiciaire est très incomplet par rapport au nombre d'effractions auxquelles il a déjà pris part. Il a certes séjourné à la Santé et à Fleury-Mérogis, mais juste ce qu'il faut pour obtenir son brevet d'admission dans le milieu, asseoir sa réputation, être respecté, nouer enfin les contacts qui lui permettent, malgré la crise financière et la récession économique, de ne pas connaître le chômage technique.

Le Légionnaire est un professionnel d'autant plus reconnu et recherché dans sa spécialité qu'il ne parle pas. Il exécute la commande puis disparaît. Entre chaque opération, et suivant la saison, il s'adonne à la chasse dans les bois qui jouxtent son charmant manoir, non loin de Chinon, en Touraine, ou à la pêche en mer au large de Pornic, dans la baie de Bourgneuf. Il y possède une modeste, rustique mais très confortable bourrine vendéenne, et surtout un bon copain marin-pêcheur. Il a largement contribué à lui faciliter l'achat d'un bateau neuf avec des équipements modernes et performants. Il navigue avec lui des nuits entières autour de l'île du Pilier et de la presqu'île de Noirmoutier. Ensemble ils posent des filets, relèvent des casiers, tirent des lignes de fond... Après de telles sorties en mer, fatigué mais heureux, il suit son fidèle compagnon de bistrot en bistrot pour se taper jusqu'à plus soif des fillettes de muscadet.

Il n'aime pas l'agitation qui règne à Paris, il y passe le moins de temps possible, mais s'y rend toujours la veille du jour qui précède l'opération qu'il doit réaliser. Il loue sous un faux nom, pour une durée qui n'excède jamais un an, un studio dont il ne donne l'adresse à personne. C'est sa planque en cas de problème. Son actuelle base de repli est située près de l'admirable église du Val-de-Grâce, rue Saint-Jacques.

Son champ d'action est d'abord Paris, exceptionnellement l'Île-de-France. Il refuse de travailler pour ces bandes, souvent composées de ressortissants des pays de l'Est, qui écument châteaux et belles demeures en province.

Pour le contacter, ses relations de travail savent comment faire, car une autre de ses caractéristiques est qu'il ne collabore qu'avec les gens qu'il connaît ou avec ceux qui lui sont recommandés par ces derniers. Il peut ainsi être joint par l'intermédiaire de P'tit Louis, veilleur de nuit dans un modeste hôtel du quartier de la Bastille et par un chasseur d'un grand palace de la rive droite, avenue Montaigne, ou encore par un chauffeur de taxi.

Si sa compétence et son professionnalisme font l'unanimité, par contre son caractère solitaire, ombrageux, et son mépris des autres lui valent de nombreuses et persistantes inimitiés.

Ce jour-là, sur une commande du Grand Maurice, l'un des plus renommés receleurs parisiens, il doit faire céder la porte de l'appartement d'une antiquaire de la rue de l'Université, aux abords du Champ-de-Mars.

Il gare sa voiture, une Peugeot 106, avenue de la Tour-Maubourg. Il est à un peu plus de cinq minutes à pied de la cible. Il s'installe tranquillement dans un café d'où il peut observer les alentours de l'immeuble, regarde attentivement les véhicules, surtout les camionnettes stationnées à proximité, et scrute les passants qui déambulent sur chaque trottoir. Ce repérage dure une bonne heure. Il fait ensuite un petit tour dans le quartier. Par chance, un deuxième bar est placé de telle façon qu'il peut, depuis sa terrasse, mais sous un autre angle, observer les abords de l'immeuble. Il s'y attable.

Il est intrigué par une camionnette grise arrêtée devant l'immeuble. Elle n'a pas bougé depuis plus d'une heure. Cela lui semble suspect. Il change de table de sorte qu'elle entre totalement dans son champ de vision. Il suit en même temps les allées et venues dans la rue, scrute les moindres détails avec des yeux de professionnel, enregistre tout ce qu'il voit.

Cette camionnette n'en finit pas de l'intriguer. Il attrape un exemplaire de *L'Équipe* abandonné par un client, sort de sa poche de petites mais puissantes jumelles, se dissimule discrètement derrière les pages du journal et fixe le véhicule suspect. Le doute s'ancre dans son esprit. On dirait un « sous-marin », comme on désigne dans la police les voitures banalisées à l'intérieur desquelles des flics planquent, observent et attendent leurs proies.

Le Légionnaire sort du café par les cuisines, décrit un grand tour, revient dans le premier bar d'où il a observé la rue. La camionnette est toujours stationnée au même endroit. Non loin d'elle, une autre voiture capte son attention. Elle est occupée par trois personnes, lui semble-t-il de là où il se trouve : deux hommes et une femme.

Tout cela ne lui inspire pas confiance. S'agit-il de ceux qui doivent accéder à l'appartement dont il aura forcé la porte ? Peu probable : ce n'est qu'au tout dernier moment qu'ils se rapprochent du point d'impact, et ils n'attendent jamais devant la cible, se dit-il en utilisant les expressions militaires apprises à la Légion.

Le Légionnaire sait flairer le danger. Une vie sans cesse aux aguets a développé chez lui un sens profond de l'observation, fruit d'un fantastique instinct de survie. Un silence prolongé, un regard de biais, une démarche saccadée, une simple hésitation, mais aussi bien un véhicule mal garé, un motocycliste qui circule à une vitesse inhabituelle, rien ne lui échappe.

Ce sens de l'observation, allié à une phénoménale aptitude à mémoriser les lieux et les visages, et ce minutieux travail de repérage lui permettent de travailler en toute sécurité.

Alors que se rapproche l'instant où il devra agir, le Légionnaire décide d'arrêter le compte à rebours et de différer l'opération. Il laisse son instinct dicter sa conduite.

Avant de quitter les lieux, il tient à vérifier si un piège ne lui a pas été tendu. Il se méfie de Marcel Triali, un Corse qu'il a croisé naguère à Fresnes et qui s'est un peu trop rapproché du Grand Maurice. On dit même qu'ils se sont associés.

Ce Triali n'a pas bonne réputation dans le milieu parisien. C'est un prétentieux, avec des ambitions au-dessus de ses moyens. Parfois, il joue au patron, et pour emballer les filles ou impressionner la galerie, il ne se fait que trop et inutilement remarquer. Ce n'est jamais très bon, dans le métier. On chuchote même qu'il lui est arrivé d'acheter sa tranquillité aux flics et donc d'avoir balancé. Après une affaire de braquage, il serait sorti étrangement vite de tôle. Ambitieux, il laisse lui-même entendre qu'il prendrait bien la place du Grand Maurice.

Lorsque son travail d'effraction de la porte est sur le point de se terminer, il est convenu que le Légion-naire appelle deux fois de suite un même numéro de portable, sans rien dire. Pour ce faire, il a acheté hier, aux abords du marché de Saint-Ouen, une nouvelle puce dont il se débarrassera sitôt les appels émis. Il agit donc comme convenu et observe ce qui se passe dans la rue.

De la fourgonnette suspecte sortent deux hommes qui se dirigent vers la porte cochère de l'immeuble. Ils sont rejoints par les deux hommes et par la femme de l'autre véhicule. Celle-ci porte un brassard orange marqué « Police » qu'il avait déjà repéré en longeant la voiture banalisée.

Il s'éclipse subrepticement du bar, emprunte la rue Cler, l'une des rues piétonnes et commerçantes les plus fréquentées du VIIe arrondissement. Il vérifie à plusieurs reprises qu'il n'est point suivi, monte dans sa voiture et prend la direction de l'autoroute de l'Ouest. Il en sort à Versailles, puis revient vers Paris.

Il ne décolère pas. C'est la seconde fois qu'il est à la fois le témoin et la victime potentielle d'un piège. Il sait maintenant qu'une guerre lui a été déclarée. Qui veut ainsi l'éliminer ? Un mois auparavant, les faits étaient moins graves, mais tout aussi significatifs d'une volonté de lui nuire, de ternir sa réputation, peut-être même de le faire interpeller par la police.

L'immeuble dont il devait ouvrir la porte de l'appartement du troisième étage se situait rue de l'Abbaye, à Saint-Germain-des-Prés, juste au-dessus d'une antenne de police.

Ses soupçons se portent sur le Grand Maurice et sur Paul Triali.

Porte d'Orléans, il oblique vers Montparnasse. En haut du boulevard Raspail, il gare son véhicule, attend un long moment sans bouger, observe puis redémarre, prend la rue de Vaugirard tout en vérifiant qu'il n'est toujours pas suivi. Il range sa voiture place du Panthéon. Les sens en alerte, prêt à bondir derrière un véhicule pour se protéger, il se rapproche de son studio de la rue Saint-Jacques. Tout en marchant, il réfléchit à la suite qu'il doit impérativement donner à ces deux incidents pour le moins préoccupants.

Confronté à de telles hostilités, il ne peut que réagir vite et fort. Il sait qu'il n'y a pas d'autre issue : sinon, il sera éliminé, broyé. Or il estime qu'il n'a pas encore atteint l'âge de la retraite. Sa riposte devra être aussi féroce que fulgurante. La vermine ne se ménage pas, se dit-il, elle s'extermine.

Chapitre 4

Cette enquête sur le cambriolage du domicile de Pierre Bombomy m'extirpe de la routine policière, des altercations entre ces types qui s'injurient et s'agressent sur la voie publique parce qu'ils se sont brûlé la politesse en bagnole, de ces pauvres types défoncés par la drogue ou tellement bourrés qu'ils s'en prennent aux passants. Plus de vol à la tire ou à l'étalage, de plainte pour coups et blessures : je me vois déjà coordonnant de complexes investigations, au cœur d'une délinquance organisée, débouchant sur la mise au jour d'un ample trafic ou d'une magnifique escroquerie. J'ai déjà l'impression d'être confronté à de vrais voyous, pas des demi-soldes, de pénétrer le saint des saints du grand banditisme, d'être plongé au cœur d'une nouvelle guerre des gangs. Je m'imagine déjà traquant des personnages qui n'ont peur de rien, pas même de la mort.

Si j'ai choisi la carrière de policier, c'est certes pour servir l'État et la Justice, mais aussi par goût de l'aventure et du risque. Je m'ennuie vite du quotidien, me lasse du train-train et ne me sens heureux que dans l'action. J'ai demandé ma mutation à la Brigade criminelle ou à celle de la répression du banditisme. Elle tarde à venir. Je ne sais pas pourquoi. Mon patron, étant lui-même en fin de carrière, ne s'intéresse guère à l'avenir professionnel de ses jeunes collaborateurs. Pour avancer rapidement dans la police, il convient de s'appuyer sur des amitiés, des réseaux. Ce n'est pas mon cas. J'ai aussi postulé au RAID, mais ai été rapidement écarté du fait de mes médiocres résultats aux tests sportifs.

« Dans votre vie professionnelle, vous rencontrerez beaucoup de copies et peu d'originaux. » Cette réflexion du patron de la Criminelle m'avait marqué et, chaque fois que j'interroge un délinquant, j'en constate le bien-fondé. Notre lot quotidien, dans les commissariats, ce sont les pauvres types, les faux durs, les éclopés de la vie, les rebuts de la société, les ivrognes et les camés de la désespérance. Ils fuient un monde qu'ils ne comprennent pas et s'engagent dans des voies sans issue. Voleurs sans envergure, escrocs sans talent, délinquants sans caractère, menteurs sans panache, voyous sans ambition, gagne-petit : telle est notre clientèle journalière.

Grâce à cette affaire, j'espère accéder enfin à un authentique travail d'enquêteur de police, traquer de grands professionnels, des stars de l'escroquerie, des artistes de l'arnaque et de la défausse, des vedettes du milieu. Enfin je ne me contenterai plus d'enregistrer sur procès-verbal des déclarations plus ou moins fausses ou imprécises, dénuées d'intérêt ; je vais devoir débusquer la vérité, trouver une explication à ce qui apparaît pour l'heure comme un banal cambriolage sans plainte ni préjudice, sans mobile apparent ou avouable. Quel insigne bonheur d'être flic !

Installé à mon bureau, j'enregistre directement sur mon ordinateur les éléments de l'enquête qui me permettront de retracer à tout instant l'historique des faits et la chronologie des investigations. Je consigne aussi les réflexions, remarques, observations que j'ai l'habitude de noter sur mon petit carnet à couverture bleue au fur et à mesure qu'elles me viennent à l'esprit. De plus en plus je me sens sûr de moi, ne doute pas une seconde de mon instinct, de ma capacité à affronter plus fort que moi.

Les hurlements dans les couloirs me font redescendre de ma réjouissante rêverie. Ça gueule de partout, et en plusieurs langues. Derrière les vitres de sa cellule, un gardé-à-vue clame son innocence, il y a donc de fortes présomptions qu'il ne le soit pas. Exaspéré, le planton, pour le faire taire, vocifère plus fort que lui ; du coup, l'un braille en arabe, l'autre beugle en français, ce qui déclenche parmi les autres détenus une cacophonie qui n'a rien d'harmonieux. Par l'entrebâillement de ma porte, je vois passer un collègue qui tient par le bras, autant qu'il le soutient, un individu menotté, arborant un somptueux cocard à l'œil droit. Vu son état, l'alcool battant autant que l'hémoglobine dans ses pauvres veines, il délire bruyamment et ne peut marcher droit. Escortée par un autre collègue, passe dans le couloir une espèce de poupée rousse toute peinturlurée, les seins pratiquement libres hors de leur balconnet, piquetant le carrelage du poste de ses talons aiguilles. J'entends plusieurs sifflements. Renseignements pris, c'est un travelo qui michetonnait sur le trottoir du boulevard Lannes et qui a injurié puis rudement amoché un client qui refusait d'acquitter sa passe pour « tromperie sur la marchandise », selon l'expression du brigadier.

Absorbé par le spectacle, c'est à peine si je me rends compte que le téléphone sonne.

« Tout va bien ?

– Pas de problème, patron.

– Où en êtes-vous du cambriolage de la chaussée de la Muette ?

– Rien de nouveau. J'ai entendu la victime, un certain Pierre Bombomy. Il n'est au courant de rien, n'a constaté aucun vol. Le personnage paraît bizarre. Trop sûr de lui pour être tout à fait innocent. Ça sent le coup fourré, l'arnaque…

– Pas d'emballement ! Je vous conseille vivement de suivre ce dossier avec circonspection, si possible avec la distance du professionnel et le calme que confère l'expérience. Le cabinet du préfet s'y intéresse de près, donc moi aussi. Vous aurez certainement un petit moment pour venir m'en parler. »

Et, sans me laisser le temps de lui répondre, il raccroche sèchement.

Si la préfecture de police a aussi vite été prévenue de mes investigations de routine, c'est, pour moi, l'aveu que Bombomy n'est pas du tout sûr de lui. Voilà qui me conforte dans mes toutes premières impressions. Mais que dire au patron pour ne pas l'affoler ni le stresser davantage ?

Commissaire principal, probablement stade ultime de sa carrière dans la police, Paul Maréchal se doute bien qu'il ne décrochera pas, avant la retraite, le grade de divisionnaire ; aussi son vœu le plus cher serait-il d'être fait chevalier de l'ordre de la Légion d'honneur. Il n'a que le ruban bleu, celui du Mérite. Cette ambition conditionne ses réactions face aux « affaires signalées ». Au surplus, il ne veut pas d'ennuis, car, nous le savons tous au commissariat, il est en négociation avec un grand groupe industriel pour s'assurer un emploi de responsable de la sécurité dans quelques mois, lorsqu'il sera retraité. « Pas de vagues ! », tel est son slogan.

Habituellement, il râle par principe, parce qu'il est le patron. Il tient à le montrer à tout moment, notamment vis-à-vis de nos plus jeunes collègues qui, il est vrai, ont parfois tendance à l'oublier.

Cette affaire signalée a fait monter d'un cran son irritabilité naturelle. C'est du moins le sentiment qu'il m'a donné au bout du fil. Le plus sage, pour moi, est donc de laisser la vague déferler, d'attendre la marée descendante, et de ne l'aller voir qu'en fin de journée. Entre-temps, je vais consulter les fichiers de l'Identité judiciaire. Avec un peu de chance, Bombomy y aura laissé des souvenirs.

Je suis cependant rapidement déçu ; rien d'intéressant le concernant.

Vers dix-sept heures, je frappe à la porte du patron. Comme à son habitude, il ne répond pas tout de suite. Il s'évertue toujours à nous faire croire qu'il est surchargé de travail, exaspéré par le téléphone qui ne cesse de sonner, les dossiers administratifs qu'il faut remplir, les notes de synthèse réclamées par les grands chefs, destinées au préfet de police et, pour certaines d'entre elles, au ministre de l'Intérieur, qu'il lui faut relire et qu'il n'a pas une minute à lui pour réfléchir. Pour lui, un chef se doit de paraître débordé. L'important est de n'être pas dupe.

Finalement, j'entre et attends debout tandis qu'il continue à signer un parapheur sans me décocher un regard. Il raye d'un trait de crayon rageur un document. Je suis habitué à cette comédie qu'il nous joue quotidiennement avec plus ou moins de talent. Je m'assieds en espérant seulement que cette mise en scène ne se prolongera pas au-delà d'un délai acceptable.

Enfin il consent à suspendre son cinéma, repose son stylo, soupire, referme brusquement un tiroir de son bureau, et, sans autre commentaire, lâche :

« Je vous écoute. »

Je lui rappelle les faits, les auditions auxquelles j'ai procédé, les investigations en cours, tout en lui livrant mon sentiment sur ce pseudo-cambriolage.

« L'attitude du gardien et les renseignements soutirés au gérant confirment mon impression première, à savoir que nous sommes sur une belle affaire. Le comportement étrange de ce monsieur Bombomy montre assez qu'il ne peut être innocent, surtout avec un nom pareil…

– Méfiez-vous de vos impressions ! J'ai tout vu, dans ma carrière. Poursuivez vos recherches sans y mettre un zèle déplacé. Nous ne savons pas très bien sur quoi nous allons déboucher. Il faut donc garder la maîtrise des conséquences de l'enquête : c'est la prudence élémentaire. Pas de vagues inutiles ! Votre rôle n'est pas de nettoyer les écuries d'Augias. Vous avez oublié un élément important.

– Lequel ?

– Avez-vous dressé la liste des habitants de cet immeuble ?

– Non… Pas encore. Pourquoi ?

– L'effraction a été commise au troisième étage, porte gauche en sortant de l'ascenseur ?

– Exact.

– Or, sur ce palier, mais entrée côté droit, demeure Claude Riffaton…

– Possible. Qui est-ce ?

– Un député.

– Et alors ?

– Et alors, c'est une personnalité, et il a très peur que le cambrioleur se soit trompé. Il en fait tout un foin, a averti le préfet de police. Bref, c'est une hypothèse à ne pas écarter a priori. On ne sait jamais. Ce député est persuadé que c'est lui qui était visé. Dans ce milieu, on est généralement assez mégalo. On se croit victime d'un complot quotidien. Il est vrai que les voyous ne sont pas tous très malins. L'erreur est humaine, jusque chez les pilleurs de coffres ou d'appartements. Nos clients ne font pas toujours de bonnes études, ne sont pas tous diplômés de l'ENA ou de Normale sup…

– Pourquoi alors l'attitude incompréhensible de Bombomy, s'il est victime par erreur… ?

– Il a peut-être autre chose à se reprocher, je ne sais pas. Quoi qu'il en soit, pour rassurer notre parlementaire, tranquilliser le préfet de police et calmer l'agitation de ses collaborateurs, éviter toute vague, sans perdre le calme des vieilles troupes, vous allez filer entendre notre illustre élu. Je l'ai avisé de votre visite. Profitez-en pour procéder à une petite enquête de voisinage. Nous parlerons du reste plus tard. Je n'ai pas le temps maintenant. Vous me tenez au courant à votre retour de chez Riffaton. »

En se replongeant dans la lecture d'un document, il me signifie que notre entretien est terminé, qu'il n'a plus rien à me dire et que je dois le laisser à ses hautes occupations.

Chapitre 5

Du député Claude Riffaton je ne connais rien. Est-il de gauche ou de droite ? Fait-il partie de l'opposition ou de la majorité ? Peu importe. Je me dis que ce n'est pas parce qu'il habite le quartier de la Muette qu'il est automatiquement de droite. Ces positionnements idéologiques m'indiffèrent. Il est vrai, de politique je me soucie fort peu. Je ne comprends rien à ce qui oppose les uns et les autres, pourquoi les bons, quand ils sont au pouvoir, deviennent des méchants, et vice versa. Je vote lors des élections en général pour le candidat de droite. Mais, pour le dernier scrutin, je me suis abstenu, ne me sentant aucunement concerné par le débat.

Le patron me recommande de lui donner mon sentiment sur la pertinence des informations qui me seront fournies ? Il n'y a pas de raison que je n'exécute pas ses instructions dans la mesure où cela peut contribuer à illustrer le rôle efficace de la police nationale.

De toute façon, si le député n'avait pas l'impression d'être écouté, il en informerait les collaborateurs du préfet qui, eux, en référeraient à leur supérieur, lequel appellerait mon patron. En bout de course, tout retomberait sur moi et mon avancement prendrait d'autant plus de retard.

En vertu donc du très vieux principe policier, maintes fois vérifié et que j'applique le plus scrupuleusement possible, qu'il est toujours préférable de contourner les risques d'affrontements frontaux avec sa hiérarchie, et de régler prestement les questions mineures avant qu'elles ne se transforment en affaires d'État, il est dix-huit heures précises quand je sonne à l'appartement du député Claude Riffaton.

Je suis reçu par un homme d'une soixantaine fatiguée, courtois, voire chaleureux et de prime abord sympathique. Il me donne du « cher monsieur », me propose un rafraîchissement, que je décline. Il me dit être confus du dérangement qu'il m'occasionne et le met d'emblée au compte de sa femme. Il me fait comprendre qu'il travaille énormément et que tout le reste l'indiffère.

Curieusement, il me parle davantage de sa femme que du motif de ma venue chez lui, comme si le pseudo-cambriolage de son voisin le préoccupait moins que les états d'âme de son épouse. Il me la dépeint avec un mélange de tendresse et d'exaspération, d'affection et de détestation, comme s'il était préoccupé et même dubitatif sur son équilibre psychique. En analysant ses propos, je me dis que je vais devoir affronter une hystérique. J'imagine qu'il a dû épouser, certainement en secondes noces, une femme pétulante et excitée de dix ans de moins que lui. Elle l'épuise par son insatiable désir de sortir, de profiter de la vie, maintenant qu'elle a mis la main sur un mari qui a de l'argent. Il suit tant bien que mal. Mais l'argent ne remplace pas tout !

Tout en l'écoutant, je détaille le salon : tout m'y semble luxueux et paisible. Les meubles anciens, comme scintillant d'une seconde jeunesse, les faïences exposées sur la cheminée attirent des regards d'admiration. Les tableaux accrochés au mur ne sont manifestement pas des reproductions, mais des œuvres originales. Je n'y connais rien en peinture, mais l'éclat de certaines me laisse ébloui.

« Vous appréciez ? » me demande-t-il sur un ton de gourmet.

Il a vu mon regard se promener d'un tableau à l'autre, et sans me laisser le temps de lui avouer l'immensité de mon ignorance dans le domaine de l'art, il poursuit :

« Vous voyez, celui-ci est un rare Nicolas de Staël ; ici, un lumineux Olivier Debré. Les deux œuvres se complètent bien. Dommage que Staël se soit suicidé, quel artiste ! il avait encore tant de choses à exprimer ! Regardez mon Max Ernst. Et comment trouvez-vous le Picasso… ? Voici ma dernière acquisition, un Miró. »

Puis, se tournant vers moi, il me demande :

« Vous aimez les livres ? »

Sans attendre ma réponse, il m'entraîne vers la bibliothèque contiguë au salon. Je suis émerveillé par la profusion d'ouvrages reliés à l'identique.

« Là, ce sont les livres historiques : c'est ma passion. Saviez-vous que Napoléon a peut-être été empoisonné à Sainte-Hélène ? Même en France, on assassine les chefs d'État : on se souvient du coup de poignard de Ravaillac à Henri IV, mais Henri III aussi a été tué, Louis XV a failli l'être, et, plus près de nous, le président de la République Sadi Carnot, assassiné à Lyon par Caserio, de Gaulle ou même Chirac ont failli être victimes de criminels ; il y eut aussi Jaurès, les ministres Barthou, Fontanet, et bien d'autres... »

Il ajoute en s'esclaffant :

« Vous savez, la politique est un métier dangereux. De ce côté-ci, j'ai les œuvres complètes d'Agatha Christie. Vous avez au moins dû lire *Les Dix Petits Nègres* ? Elle a l'art de faire empoisonner ses personnages... »

Sa femme fait irruption à ce moment-là, interrompant la présentation que son mari me faisait de ses trésors. Au vu de sa séduisante tenue vestimentaire, je me dis qu'elle s'apprête manifestement à se rendre dans quelque soirée mondaine dont elle doit raffoler. Elle est donc pressée et même légèrement fébrile, mais pas hystérique, comme j'avais cru bon de me la figurer, à moins qu'elle ne soit sous calmants. Plus jeune que son mari, elle a dû être superbe et désirable. Elle l'est encore. Sa grâce et son pouvoir de séduction ne se sont pas évaporés avec le temps. Elle reste d'ailleurs sûre d'elle et de la persistance de son charme. Je suis fasciné par son maquillage hypercoloré qui, pour le moins, ne laisse pas indifférent : il fait *flasher*, comme disent les jeunes.

Elle m'avoue être elle aussi désolée du dérangement qu'elle m'occasionne, mais, alors que son mari m'a paru sincère, disant cela, elle, pas du tout. Ses regrets sonnent comme une phrase convenue, un réflexe. Ma présence chez elle ce soir la contrarie, mais, en femme du monde, elle tient à ne pas trop le laisser paraître. Elle revient par trois fois dans sa brève conversation sur le fait qu'elle est liée avec le préfet de police, ami de son tout premier mari. Elle n'oublie pas l'actuel – donc le deuxième –, me précise qu'il est proche du Président qu'il accompagne souvent dans les déplacements officiels. Elle s'étend longuement sur « les relations très amicales qui les unissent ». Cela ne présente pas beaucoup d'intérêt pour mon enquête, mais elle prend un tel plaisir à en faire état que je la laisse faire, tout en continuant à inventorier ses formes harmonieuses. Après ce couplet sur le chef de l'État, j'ai droit à quelques noms qui me sont parfaitement inconnus, mais, tout à mon observation, je la laisse poursuivre, craignant cependant que le Bottin mondain y passe. Comme ce serait mieux si je pouvais couper le son ! Elle me cite enfin le nom de plusieurs de ses amies qui ont été victimes de vols ou de cambriolages. Je suis tout ébaubi quand elle s'arrête : j'attendais le moment où elle allait me dire que son petit copain d'enfance est devenu ministre de l'Intérieur ou de la Justice.

Ayant du mal à recouvrer mes esprits, c'est à peine si j'entends son mari la rappeler à l'ordre :

« Ma chérie, notre ami policier a eu l'amabilité de venir jusque chez nous : ne lui faites pas trop perdre de temps, il se fait tard. Dites-lui quelles sont vos craintes, vos soupçons…

– C'est surtout vous, réplique-t-elle à son mari, qui vous préoccupez de ce qui s'est passé à côté !

– Ma chère, riposte-t-il, ce qui concerne le voisin vous intéresse autant que moi… »

Elle ne le laisse pas terminer sa phrase. Effectivement, je la perçois plus nerveuse qu'à son apparition, elle ne tient plus en place, ôte du doigt sa chevalière trois fois de suite, puis le clip doré qui orne le revers de sa veste noire, avant de le réépingler aussitôt…

« Vous comprenez, cher monsieur, vu la valeur de nos tableaux, il est évident que c'est nous qui étions visés. Lorsque nous partons à la campagne, j'ai toujours recommandé à mon mari de tout mettre au coffre, avec l'argenterie et les bijoux. Mais il ne se méfie de rien ni de personne. Je vous demande comme un service de lui expliquer qu'il n'est pas prudent de laisser tous ces objets de prix chez nous en notre absence. Nous vivons une époque difficile, la crise fait des envieux, nous sommes épiés, jalousés, on ne respecte plus rien ! » ajoute-t-elle.

En l'écoutant, je ne peux m'empêcher de songer à la cohabitation détonante, chez cette femme, de la beauté et de la grâce avec la bêtise et la prétention. Mais, consigne du patron : je demeure impassible, même confronté à une telle litanie de platitudes et de préjugés sur l'insécurité régnant dans notre cher vieux pays et sur la dangerosité des étrangers.

« Vous ne croyez pas, me demande-t-elle, que tous ces gens qui rappliquent de l'Est, sans compter tous ces Arabes et ces Noirs, nous menacent un peu trop ? De là à ce que les Chinois débarquent à leur tour, nous n'aurons plus que nos yeux pour pleurer. Et que dire de la justice trop laxiste et de ces prisons quatre étoiles ? Quelle époque, où l'on dénonce la rémunération des patrons et sanctionne à peine les voleurs ! Le Président a raison : la sécurité est plus importante que l'emploi. Il n'y a pas vraiment de misère en France. Les mendiants et autres SDF ne veulent pas travailler : il faut les y obliger ! »

Sa stupidité la rend pathétique. Je suis persuadé qu'elle planque les plats en argent sous les coussins du canapé, les couverts dans les chaussures, les bijoux qui ne sont pas au coffre dans la machine à laver, sa bague en diamant dans un sachet de thé, convaincue que les cambrioleurs ne les trouveront jamais… Elle doit être bourrée de fric, mais il ne lui viendrait pas à l'idée de faire l'aumône d'un euro à un va-nu-pieds dans la rue.

Elle finit par me devenir si insupportable que je ne la trouve même plus attirante, mais vulgaire et commune. Son maquillage outrancier la fait ressembler à une pintade.

Profitant d'une reprise de respiration de son épouse, le député, avec élégance et diplomatie, met un terme à notre entretien en se tournant vers moi et conclut :

« Voilà, cher monsieur, ma femme vous a tout dit. Je comprends son anxiété, elle est bien normale, mais nous ne pouvons affirmer pour autant que les voleurs se soient trompés.

– Mon sixième sens me dit le contraire, lance-t-elle, péremptoire.

– C'est une hypothèse, je ne la partage pas forcément, mais, je le reconnais, les femmes ont plus d'intuition que les hommes, précise-t-il d'un air madré de diplomate consommé. Toujours est-il que nous devions faire part à la police de nos interrogations. Comme vous le voyez, je n'en ai pas, mais ma femme, elle, est plus circonspecte.

– Connaissez-vous votre voisin de palier ?

– Non, pour ma part, je ne l'ai jamais rencontré. Je ne crois même pas l'avoir croisé. Et vous, ma chère ?

– Tout à fait, jamais !

– Vous voyez, commissaire… euh, pardon, capitaine, même ma femme ne le connaît pas. Il est très discret. Vous êtes bien sûre, ma chère, de ne l'avoir jamais vu ? insiste-t-il. Essayez de vous souvenir, c'est important pour notre ami policier.

– Absolument.

– Vous voyez… En tout cas, merci, capitaine, d'avoir pris la peine de vous déplacer et de nous avoir accordé de votre précieux temps. Vous avez rassuré ma femme. Elle dira à son ami le préfet, que nous allons certainement rencontrer à dîner chez le ministre, combien nous avons été satisfaits de votre visite. »

Puis il conclut pour de bon, d'un ton un tantinet excédé :

« Chérie, nous allons libérer notre ami, il a certainement beaucoup de travail, et nous ne devons pas trop tarder. »

Il me reconduit et me remercie à nouveau d'être venu auditionner sa femme. Je remarque, au nombre de verrous qui équipent la porte, naturellement blindée, qu'il y a peu de chances qu'un simple cambrioleur ait pu la forcer.

L'enquête de voisinage ne m'apporte pas d'éléments intéressants. Les voisins n'ont rien entendu ni remarqué de suspect. Bombomy est pour eux un parfait inconnu. C'est à croire que, dans cet immeuble de sept étages à deux appartements par palier, abritant chacun au minimum deux occupants, soit vingt-huit personnes au total, nul ne sait qui est qui. Il doit n'héberger que des aveugles, des amnésiques ou des fantômes. Même si l'on dit : « Pour vivre heureux, vivons cachés », le fait est quand même peu banal.

Toujours aussi peu désireux de dialoguer avec moi, le gardien paraît de plus en plus contrarié de me voir rôder dans l'immeuble. Assurément, je dois lui déclencher des aigreurs d'estomac. Je m'impose cependant une nouvelle fois dans sa loge. Je vais lui mettre la pression, le déstabiliser afin qu'il finisse par me lâcher quelques détails sur Pierre Bombomy. En vain : je n'en tire rien. Je note cependant soigneusement les noms des locataires, l'identité des personnels de service : femmes de ménage, cuisiniers, maîtres d'hôtel…

Tout en interrogeant le gardien, je jette un coup d'œil par la fenêtre. Une voiture est stationnée en double file. Il fait déjà nuit.

Déformation professionnelle : je suis en permanence aux aguets. Sorti du commissariat, je vérifie que je ne suis point suivi. Avec tous ces tordus qu'on croise dans une carrière de flic, on n'est jamais trop prudent. La haine est tenace. Et puis, j'aime trop la vie pour ne pas veiller sur la mienne. Quand je rentre chez moi, j'évite d'emprunter plusieurs fois de suite le même itinéraire. Le matin, en partant, je scrute d'un regard bref mais précis les voitures en stationnement. Lorsque j'utilise les transports en commun, ma vigilance se fait plus aiguë, je ne me tiens jamais au bord d'un quai de gare ou de métro.

Cette voiture garée juste devant la porte de l'immeuble m'inquiète d'autant plus qu'elle se veut bien en vue, volontairement repérable. Le moteur est resté en marche. Pourquoi ? Veut-on déjà m'espionner, m'intimider, me dissuader de poursuivre mes investigations ? Espère-t-on faire pression sur moi ? Curieux, ce sentiment que j'éprouve. J'ai peur. Je ne me comprends plus. Oui, j'ai la trouille. Et pourtant, quoi de plus banal qu'une voiture qui attend devant une porte cochère, son moteur en marche ? Si j'avais eu la capacité de réfléchir, j'aurais dû d'abord penser que c'était probablement le véhicule qui allait conduire les Riffaton à leurs mondanités.

Mais l'appréhension a perturbé ma raison et elle n'a fait que s'amplifier lorsque j'ai demandé au gardien s'il savait pourquoi cette voiture était stationnée devant la porte. Et qu'il m'a répondu l'ignorer.

Je décide de quitter discrètement l'immeuble par la porte de service qui donne sur la rue à l'arrière. Avant de déboucher sur le trottoir, je vérifie machinalement que mon arme est aisément accessible. J'attends, respire à fond, regarde où je pourrais me tapir en cas de danger : entre les deux véhicules stationnés juste en face ? Je patiente, écoute. Les poubelles qui attendent dans le corridor d'être sorties répandent des remugles désagréables. Je sors enfin, longe le mur. Rien, il ne se passe rien. Mon attitude est absurde. Je n'arrive pas à m'avouer que je suis ridicule. N'empêche que je le suis. Heureusement, personne ne m'a remarqué ni ne peut rire de moi ; c'est le plus important. Avant de m'éloigner de l'immeuble, je note le numéro de la plaque minéralogique du véhicule suspect. Il a probablement été loué ou volé. Je verrai bien.

Mes différentes investigations ne donnent rien de concluant sur l'identification de l'auteur de l'étrange cambriolage ni sur la personnalité de sa victime. Par le service des cartes grises de la préfecture de police, j'ai appris que le numéro de la voiture que je trouvais suspecte correspondait à un véhicule de la présidence de la République.

À la pause-déjeuner, j'interroge le délégué syndical sur la situation politique. Il s'y intéresse davantage qu'à l'avenir de la police. Le syndicalisme est pour lui un moyen de faire parler de lui. Je déteste ce genre de bureaucrates syndicaux toujours pour tout ce qui est contre et contre tout ce qui est pour. À ses yeux, le ministre de l'Intérieur est « un vieux conservateur », son collègue de la justice « un dangereux irresponsable » et le Président « un bateleur de foire ». Pour lui, « du strict point de vue syndical et policier, il faut que ça change, il nous faut imposer par l'action syndicale une authentique rupture ! » Naturellement, il m'incite, « pour être mieux entendu et défendu », à adhérer à son organisation. Tout aussi naturellement, je ne lui laisse pas voir qu'il n'est pas question, pour moi, de rallier son armée de fainéants et de râleurs.

« Tu connais un député du nom de Riffaton ?

– Pourquoi cette question ? » me demande-t-il.

Je sais que, dès qu'il peut glaner çà ou là, par suite d'une indiscrétion d'un de ses collègues, un fait susceptible d'être politiquement intéressant, inédit, voire de permettre des développements imaginaires mais plausibles, il en communique la teneur à plusieurs journalistes. Grâce à ces menus services, il a accès aux colonnes de certains quotidiens. Le XVIᵉ arrondissement et les personnalités qui y habitent attirent nombre d'échotiers de seconde zone. Un cambriolage chez un gros industriel ou un politique en vue, un vol avenue Foch font fantasmer bon nombre de pigistes du *Parisien*, de *Libération* ou même du *Canard enchaîné*.

« J'ai lu je ne sais plus où, hier ou avant-hier, le nom de ce député, un certain Claude Riffaton. Le patronyme m'a fait marrer. Qui est ce mec ? Avec un nom pareil, il doit faire rigoler tout l'hémicycle…

– Je ne crois pas. C'est pas un rigolo, Riffaton. C'est un compagnon de route du Président. Il l'a toujours soutenu, jusque dans sa traversée du désert. Homme de l'ombre, organisateur des trahisons et des reniements, faiseur de carrières et briseur d'ambitions, disent ceux qui le connaissent bien. Il était trésorier de la campagne présidentielle : tu vois ce que je veux dire… D'après ce qui se murmure, s'il ne bénéficiait pas de certaines complaisances, il ne serait pas en paix avec la justice.

– Un ripoux ?

– C'est ce qu'on dit.

– Il ne doit pas avoir que des amis…

49

– Sûrement pas. Bon, il faut que je me casse : n'oublie pas d'adhérer. L'action syndicale n'est efficace que si nous faisons masse. Pense à tes droits et à ton avancement... »

Chapitre 6

Dès mon retour au commissariat, la routine reprend ses droits.

En urgence, sirène hurlante, je dois me rendre place du Trocadéro où, campé sur le parvis des Droits de l'homme, un individu menace, pistolet en main, de tuer les badauds puis de s'immoler par le feu. Mes collègues de la Sécurité publique n'osent intervenir de peur de déclencher une tuerie. Je parlemente avec lui et ai tôt fait de remarquer que son arme est factice. Je n'ai donc aucune difficulté à l'appréhender. Il se laisse embarquer sans broncher. Quand les collègues du RAID arrivent, tout est déjà terminé.

Le patron me félicite pour mon sang-froid.

Je consacre l'après-midi à diverses auditions de témoins, à la rédaction de rapports de synthèse sur plusieurs affaires de vol à l'arraché. Vers seize heures, arrive une fleuriste de la rue de la Pompe ayant été braquée par un individu qui lui a dérobé le contenu de sa caisse, je l'auditionne sur-le-champ. Elle me donne un signalement assez précis du braqueur, permettant peu après son interpellation et celle de sa complice au moment où ils récidivaient avenue Bugeaud.

Je dois me préoccuper ensuite d'un exhibitionniste qui sévit square Lamartine. Pendant ce temps, l'enquête sur l'effraction de l'appartement de la chaussée de la Muette piétine.

Au bout d'une semaine, l'évidence s'impose. Aucun élément ne permettant d'expliquer ce cambriolage sans larcin chez Pierre Bombomy, et celui-ci ne déposant pas plainte, la procédure ouverte à la suite du constat est transmise au parquet. C'est le procureur de la République, par l'intermédiaire d'un de ses substituts, qui décide si la police judiciaire doit poursuivre ses investigations ou s'il classe sans suite. Dans ce cas, le travail est terminé. Je ne me fais pas beaucoup d'illusions : compte tenu de la charge de travail des magistrats parisiens, je sais fort bien que mon rapport va rejoindre des centaines de milliers d'autres qui s'empoussièrent aux Archives.

Ce classement sans suite, effectivement décidé, m'inspire non seulement un sentiment d'hypocrisie et de lâcheté, mais me laisse aussi un goût de désaveu. Face à une justice débordée, un dossier sans préjudice subi, sans plainte, où l'auteur des faits n'est pas même identifié, est immanquablement classé, je le sais d'expérience.

Pourtant, le rapport d'enquête que j'avais rédigé était assez explicite sur la personnalité de Bombomy, la victime. Mais le substitut du procureur ne s'est pas fatigué : quand il a vu qu'il n'y avait pas le moindre commencement de plainte, qu'aucun dommage n'avait été relevé, il a décidé de jeter l'éponge judiciaire !

Même si sa décision n'est pas juridiquement contestable, le magistrat aurait dû prescrire la poursuite des investigations. J'en viens à me demander si sa décision ne s'expliquerait pas par un ordre du procureur qui aurait lui-même reçu une instruction en ce sens du ministère de la Justice.

Quoi qu'il en soit, l'enquête est pour moi terminée. La police se doit de respecter les décisions de l'autorité judiciaire : on me l'a assez répété, à l'École de police : « Vous devez toujours agir dans le cadre de la légalité. La loi, rien que la loi ! Ne vous écartez jamais de la loi, elle vous protège ! » Combien de fois n'ai-je pas entendu rabâcher ces recommandations tirées du code de procédure pénale ? Mais les professeurs qui vous serinent cela n'entrent pas dans notre logique. Ils n'ont jamais vécu la rage que nous ressentons face à certaines iniquités ou humiliations. Or le dédain que m'a ostensiblement manifesté Bombomy m'a profondément meurtri. Il a certes gagné la première manche, mais la partie n'est pas terminée. Je n'ai nulle intention d'abandonner. Je veux savoir ce qui s'est passé, confondre le personnage, lui faire regretter son arrogance à mon endroit, ainsi que son mépris de la police nationale.

Le pauvre député et sa pintade d'épouse ne m'intéressent pas. Le cambrioleur, j'en suis convaincu, ne s'est pas du tout trompé d'appartement. Pour moi, la recherche de la vérité et sa découverte passent par ce Bombomy.

Désormais, mon obsession est de trouver l'élément nouveau qui permettra au magistrat d'ordonner un complément d'enquête. Mais il me faut être très prudent vis-à-vis de ma propre hiérarchie. Le risque pour moi n'est pas nul : j'agis, j'en ai bien conscience, sans cadre légal.

Quand je le peux – une bonne partie de mes heures de repos ou de récupération y passent –, je zone au plus près de chez Bombomy. Je suis certain que ma patience va finir par payer. Les allées et venues du député ne m'intéressent guère, mais me sont de plus en plus familières. Quant à Pauline Riffaton, l'épouse du député, sa principale occupation, je le remarque chaque fois que je planque, l'après-midi, consiste à faire des courses dans les magasins de luxe. Je suis devenu le spécialiste des paquets. Les orange viennent de chez Hermès, les gris de chez Dior, les marron de chez Bottega Veneta, les blancs de chez Saint Laurent ou Channel. S'ils sont bleu marine, c'est Ralph Lauren... Chaque fois que je la vois descendre du taxi, je m'interroge sur le montant, qui doit être faramineux, qu'elle doit quotidiennement claquer. Elle est toujours seule, jamais accompagnée par son mari, sûrement allergique au lèche-vitrines. Lui part le matin et ne revient que le soir. Bombomy, pour ce qui le concerne, se lève tard et ne réapparaît, semble-t-il, qu'à une heure avancée de la soirée.

Tout ce que je vois est aussitôt consigné sur mon petit carnet bleu. Je suis convaincu qu'en m'obstinant j'arriverai à confondre Bombomy, à prouver que ce faux cambriolage est le morceau d'un puzzle qui, une fois reconstitué, mettra au jour une splendide affaire. Ainsi auront été démontrés une fois de plus, par mes soins, l'efficacité et le professionnalisme de la police nationale.

Revanche pour moi qui aspirais à devenir magistrat ou commissaire de police. J'ai échoué aux concours. Il a fallu que je rabatte mes prétentions. Mon meilleur copain de lycée est devenu juge d'instruction ; en fonction à Évry, il sera prochainement affecté au tribunal de Paris avant de siéger dans une cour d'appel, peut-être comme premier président. D'une famille originaire de Tunisie, ma meilleure amie d'enfance – nos parents tenaient des commerces voisins rue des Plantes, dans le XIVᵉ arrondissement – est parvenue à intégrer l'École des commissaires de police de Saint-Cyr-au-Mont-d'Or, près de Lyon. Elle est aujourd'hui en poste à Lille et promise à un brillant avenir.

Leurs succès m'ont réjoui mais beaucoup meurtri. Vis-à-vis d'eux, j'ai besoin de prendre une revanche, de retrouver confiance en moi. Je suis certain que cette affaire en sera l'occasion. En attendant, il me faut trouver un fil, le saisir, le suivre pour déboucher sur la vérité et un complet succès pour moi. Un bon flic se doit d'être teigneux, de ne jamais renoncer, d'éviter la trop rassurante routine et de prendre des risques.

Chapitre 7

Amateur de cuisine japonaise, Maurice Jietrio, *alias* le Grand Maurice, dîne au moins une fois par mois chez Hanawa, rue Bayard, l'un des plus fameux restaurants nippons de la capitale qui, de surcroît, n'est pas très éloigné de son domicile : il habite, rue Fabert, un somptueux appartement qui domine l'esplanade des Invalides. Quand le temps le permet – c'est le cas, ce soir –, il rentre à pied d'un pas tranquille tout en fumant avec une jouissance manifeste un petit Edmundo de chez Montecristo.

Il est vingt-deux heures trente. Le Grand Maurice descend la rue François-Ier. Il arrive dans la seule portion un peu sombre de son itinéraire, celle qui débouche sur le pont des Invalides. Il traverse au feu rouge sans s'apercevoir qu'un individu l'observe et l'attend, en retrait sur le trottoir opposé, appuyé à la statue érigée en hommage au père Komitas, compositeur et musicologue arménien.

Les mains dans les poches de son blouson, l'individu l'apostrophe quand il passe à sa hauteur.

« Le dîner était bon ? »

Surpris, le Grand Maurice tourne un regard intrigué

dans sa direction. Il distingue une silhouette qu'il peine à identifier sur-le-champ.

« Et alors, on se promène ? C'est imprudent : Paris n'est pas sûr, la nuit. Tu n'as rien à me dire ? Tu n'as pas été réglo. C'est pas bien, ça... »

La peur qui envahit le Grand Maurice laisse rapidement place à une mortelle angoisse. Celle qui précède un trépas annoncé. Confronté à une situation aussi désespérée, il lui faut gagner du temps. Le Grand Maurice sait qu'il doit rester le plus digne possible, surtout ne pas paniquer, n'implorer ni pardon ni clémence. Il ne s'attirerait alors qu'un profond dédain et hâterait l'exécution de la sentence. Il se sait condamné. Son unique mais infime chance d'inverser la logique de la situation est de parlementer, sans ergoter, surtout sans sembler trop sûr de lui, ni arrogant, ni insolent ou indifférent. Il doit jouer la montre, sans le laisser paraître.

« Je voulais justement te parler... On t'a fait le message ? »

Le feu passe au vert, deux voitures roulent à vive allure. Leur vitesse est bien supérieure à celle autorisée, leurs conducteurs ne savent manifestement pas que, non loin de là, est installé un radar automatique, l'un des plus rentables de Paris.

Les deux hommes sont à présent face à face. Le Grand Maurice tente une nouvelle fois d'engager un dialogue qui pourrait déboucher sur une provisoire remise de peine.

« Écoute, je m'en vais t'expliquer... Dis-moi ce que tu veux... Ce n'est pas moi, je n'ai pas eu le choix...

– Tu n'es qu'une raclure, une vermine...

– C'est Triali qui a tout manigancé. Tu veux qu'on l'appelle ? Il va tout te confirmer… »

Avant même qu'il ait esquissé le geste d'extraire de la poche de son manteau son téléphone portable, il a à peine le temps de crier : « Ne fais pas le con ! » qu'une balle de 9 mm lui entre en plein milieu du front. Sous l'impact, le corps pivote sur lui-même avant de s'affaisser.

Sans un regard pour le cadavre qui gît au bord du trottoir, son meurtrier se retourne et s'en va en sifflotant *Tiens, voilà du boudin*. Il traverse tranquillement le pont des Invalides. Tout en marchant, il dévisse le silencieux de son Beretta, le lance le plus loin possible dans la Seine, puis change de trottoir, essuie soigneusement son arme, fait encore quelques mètres et la jette elle aussi dans le fleuve. Il presse alors le pas, sort de sa poche un petit flacon de gel antibactérien utilisable sans eau, se lave méticuleusement les mains, puis lâche le flacon dans une poubelle avant de disparaître dans la nuit.

Chapitre 8

Les vérifications obtenues ce matin me laissent un léger espoir de progresser rapidement vers la vérité.

Sollicités oralement, mes collègues de Bordeaux m'informent – ils en ont mis du temps, ils ne sont pas aussi pressés que nous en province – que la société Négoce International, qui a loué l'appartement de Bombomy, n'existe que sur le plan juridique. L'adresse indiquée renvoie à une simple boîte aux lettres.

Pour ce qui est du gardien de l'immeuble de la chaussée de la Muette, tout craintif qu'il paraisse, il détient un palmarès judiciaire représentatif d'un itinéraire propice à la délinquance. J'ai contacté mes collègues de Nice, et ceux-ci m'ont communiqué oralement les termes d'un ancien rapport rédigé à l'intention d'un juge des enfants. Je ne peux en faire état, Pascal Casetti, c'est son nom, étant mineur à l'époque où il a été rédigé, mais ce rapport est on ne peut plus éclairant sur sa personnalité.

Il est issu d'une famille modeste : le père a passé toute sa vie d'emplois précaires en petits boulots ; la mère, factrice à Nice, a eu quelques problèmes avec sa hiérarchie. Pascal Casetti a été rapidement suivi par un juge pour enfants. Jamais intégré dans le milieu scolaire, il a très tôt commencé à chaparder et à commettre de multiples petits délits. Placé dans un centre d'apprentissage en menuiserie en Auvergne, il en a prestement fugué. Marginal, petit délinquant, sans domicile fixe, il devient un client habituel des gendarmes et de la police nationale de Marseille ou de Nice. Décrit plus comme suiveur que meneur, il se laisse, semble-t-il, entraîner sans bien réfléchir aux conséquences de ses actes.

Mes collègues me précisent par ailleurs qu'il a disparu pendant cinq ans des fichiers policiers aussi bien que judiciaires. Son nom est à nouveau mentionné assez récemment dans une tentative d'extorsion de fonds qui s'est terminée par un classement de la procédure. On le retrouve aussi poursuivi pour complicité de vol. Mais, là encore, il échappe à une condamnation, faute de preuve de sa participation directe : il se serait contenté de faire le pied de grue dans la rue.

D'après mes collègues, il serait *monté* à Paris où il travaillerait pour le milieu niçois.

En attendant, je me persuade que ces indications me seront utiles pour le contraindre à me dire ce qu'il sait de Bombomy. Une petite conversation informelle me paraît opportune, le genre de contact officieux que l'on noue avec cette sorte de types capables de nous tuyauter.

Je patiente donc jusqu'au moment où, comme chaque jour, Pascal Casetti se rendra à la Brasserie de la Muette, le bistrot situé au coin du boulevard Émile-Augier. J'ai observé qu'il y venait chaque jour à plusieurs reprises, notamment le matin et entre midi et treize heures.

Installé au zinc, je l'attends devant un express très serré et un croque-monsieur. Je meurs de faim.

Douze heures s'affichent à la grosse horloge publicitaire Pastis 51 qui surplombe la caisse. Je me retourne pour voir si Casetti arrive. Personne. Il est en retard. Pourtant, de mes diverses observations j'ai toujours déduit qu'il était réglé comme un métronome. Le temps s'écoule, mon impatience et mon inquiétude grandissent. Je n'aime pas ne pas comprendre ce qui se passe. Au bout d'une heure, je ne peux que constater que j'ai fait chou blanc.

Deux jours d'affilée, entre onze heures et treize heures, je guette en vain la sortie de Casetti. Il n'est pas là. La seule issue qui me reste est d'aller frapper au carreau de sa loge. J'hésite cependant à agir de la sorte et me ravise. Le dossier du pseudo-cambriolage a été classé ; ma carrière se trouverait compromise si le patron venait à apprendre que je poursuis l'enquête. Et puis, me montrer dans l'immeuble, c'est prendre le risque d'éveiller la méfiance de Bombomy. Je n'oublie pas que c'est lui que je veux confondre.

Au lieu d'aller frapper au carreau de la loge pour vérifier si Casetti est toujours là, je m'installe donc chaque jour à partir de midi, pendant toute la semaine, au zinc de la Brasserie de la Muette.

Le patron s'active. Les bières succèdent aux cafés, les petits blancs secs l'emportent sur les rosés, les côtes-du-rhône rivalisent avec les saumurs mais sont distancés par les bordeaux. Je profite d'un répit pour engager la conversation avec le patron. Il n'a pas l'air d'avoir très envie de discuter ; pas de temps à perdre, c'est l'heure de pointe. Je lui exhibe ma carte de police. Il appelle un serveur pour le remplacer au bar.

« Il y a le gardien d'un immeuble, en face de votre établissement, qui vient ici régulièrement à l'heure du déjeuner prendre une bière : quel est son nom ?

– Je ne sais pas. La règle d'or, pour ne jamais avoir d'ennuis, est de ne rien voir, ne rien entendre, et surtout ne rien dire…

– Je connais le slogan. Il ne vaut pas lorsqu'on est interrogé par la police. Si on fait le muet ou l'ignorant, c'est alors que commencent les problèmes… Vous tenez vraiment à avoir un contrôle fiscal sur le dos, ou une fermeture administrative ? Il n'est pas bien difficile de trouver un motif pour ça.

– Je ne vois pas de qui vous voulez parler. Je sers un tas de monde chaque jour, et les permanents du zinc sont nombreux, malgré les campagnes de publicité dénonçant l'abus d'alcool. Bonjour, bonsoir : c'est tout ce que nous échangeons avec les clients du bar.

– Celui-là, vous le connaissez bien : je vous ai vu discuter avec lui.

– Tintin ?

– Pourquoi Tintin ?

– On l'appelle ainsi. Je ne sais pas pourquoi. C'est peut-être un passionné de bandes dessinées…

– Savez-vous où je peux le trouver ?

– Non.

– Avez-vous moyen de lui faire passer un message ?

– Pas vraiment. C'est grave ?

– Absolument pas ; mais je m'intéresse aussi aux bandes dessinées… Voici mes coordonnées : si vous le revoyez, dites-lui que je souhaite beaucoup lui parler. »

Cette invitation reste sans effet : Tintin ne se manifeste pas. Je reviens au bout de trois jours interroger le patron de la Brasserie de la Muette. Il me dit être toujours sans nouvelles de Tintin et n'avoir pu lui faire passer mon message :

« Mais je ne l'oublie pas, et lorsqu'il l'aura eu, il ne manquera pas de vous appeler… », m'assure-t-il d'une voix doucereuse, comme pour ne pas me contrarier.

Chapitre 9

Le train Paris-Bordeaux est immobilisé en rase campagne depuis un bon moment, peut-être une demi-heure. Une nuit noire enveloppe les wagons, les isolant du monde extérieur. Il est près de vingt et une heures. Inquiétude, sentiment d'abandon. Les voyageurs ne bougent pas. Certains soupirent, d'autres cherchent à dissiper leur anxiété en téléphonant, mais les communications sur portables ne passent pas.

Toujours aussi prévenante à l'égard de sa clientèle, la SNCF n'a pas encore daigné diffuser la moindre information sur les raisons de cette immobilisation. Le seul message auquel les voyageurs ont eu droit de la part du contrôleur a été : « Cet arrêt étant momentané, pour votre sécurité il est interdit d'ouvrir les portières et de descendre sur les voies. »

À force de se prolonger, l'attente devient angoissante. Des passagers tentent en vain d'apercevoir à travers les vitres un indice, une explication de ce qui se passe. Les ténèbres m'emplissent d'une impression étrange, indéfinissable.

« Y en a pour longtemps ! » marmonne un passager. Sans un regard pour la femme avec qui il voyage, il continue ses mots croisés en mâchonnant le bout de son crayon.

Elle ne lui répond même pas.

Attendre sans rien dire est exaspérant, mais dire quoi et à qui ? S'exaspérer ou patienter passivement, pour espérer quoi ? Une explication ? Ce n'est pas le genre de la SNCF. Les voyageurs sont condamnés à endurer sans mot dire ; exprimer son mécontentement ou donner libre cours à son irritation ne servirait à rien.

Enfin le haut-parleur intérieur se met à beugler : « La SNCF informe mesdames et messieurs les voyageurs que le train ayant subi un choc anormal, des vérifications sont entreprises pour en déceler l'origine. » Trois quarts d'heure pour bénéficier d'une information qui n'apporte pas grand-chose de neuf : la SNCF a encore des progrès à faire dans la maîtrise d'une communication respectueuse avec ses clients.

« Y en a encore pour un bout de temps ! » maugrée à nouveau le passager qui, ayant enfin levé le nez de ses mots croisés, ne mâchouille plus son crayon.

En usager régulier, vraisemblablement grâce à sa carte vermeil, il ajoute : « Ce doit être un suicide... »

À ce moment précis, le contrôleur fait à nouveau entendre sa voix à l'accent aveyronnais : « Un accident impliquant une personne nous impose d'attendre l'arrivée de la gendarmerie. Le délai d'attente prévisible est d'environ deux heures. De l'eau va vous être distribuée. »

« Ça va durer un sacré paquet d'heures, vous allez voir ! » lance d'une voix forte un autre voyageur pour se faire entendre de ses voisins de wagon. Il hoche la tête, fait la moue, s'assure qu'il a bien été entendu, marque un temps puis ajoute : « C'est un suicide. C'est rare, un suicide, au printemps. » Il marque un nouveau temps d'arrêt, puis reprend : « Généralement, ça se passe autour de Noël et du jour de l'an… Le temps que le procureur se ramène, que les gendarmes prennent des photos, procèdent aux constats : nous ne sommes pas sortis de l'auberge ! »

Les fumeurs s'agitent, s'énervent, ne peuvent tenir en place, font la queue devant les toilettes pour aller y tirer sur leur cigarette. Ils estiment que la situation exceptionnelle leur permet d'enfreindre la loi. Il fait chaud. Une femme qui n'arrive plus à se concentrer sur sa lecture soupire, se lève, va et vient dans le couloir pour se détendre. Le wagon-bar est bondé, les affaires marchent. Il n'y a plus ni café ni sandwichs. En fait, il n'y a déjà plus rien. Les voyageurs doivent se contenter de la bouteille d'eau plate distribuée gracieusement par des employés de la SNCF.

« Que se passe-t-il ? » interroge un monsieur d'un âge certain, émergeant d'un profond roupillon, dont le revers de veste arbore la rosette de la Légion d'honneur.

Manifestement sourd, il n'a pas entendu les informations diffusées par haut-parleur.

« Quelqu'un s'est jeté sous le train au passage à niveau », lui répond sans ménagement un employé de la SNCF qui passe comme une flèche à travers les wagons.

Il montre une vive irritation, confronté aux questions des voyageurs, comme si les clients de la SNCF n'étaient pas les siens.

« Je dois changer de train à Bordeaux, comment vais-je faire ? interroge, angoissée, une jeune femme qui escorte deux jeunes enfants.

– Voyez le contrôleur », lui répond sèchement une vieille fille.

Par la vitre, il est désormais possible de distinguer le faisceau de lampes électriques. Des gendarmes passent et repassent le long de la voie. Un autre s'accroupit pour photographier sous le wagon.

« Vous savez, il y en a partout... Je conduisais des trains, avant ma retraite », indique un passager qui a probablement perçu la gêne des voisins à l'idée que le corps mutilé pouvait se trouver sous leurs sièges. Il poursuit, heureux de se rendre intéressant en fournissant le maximum de détails : « Dans ma carrière, j'ai essuyé deux suicides. Il faut au moins deux à trois heures avant que tout rentre dans l'ordre. On doit extraire le corps, en bloc ou en morceaux, la tête d'un côté, les jambes de l'autre, il arrive que tout soit broyé. Et le sang... Quel spectacle ! Ça fait maintenant plus de deux heures que nous sommes immobilisés. Il va aussi falloir trouver un nouveau conducteur pour le train : c'est la règle. Si tout va bien, nous repartirons d'ici une demi-heure. On ne s'en sera pas trop mal sortis. »

Ayant terminé, il se lève et informe sa femme qu'il va à son tour aux toilettes.

Finalement, après encore vingt-cinq minutes d'attente, le train repart lentement, puis accélère pour retrouver son allure normale.

« Avec ce retard, je vais pouvoir me faire rembourser mon billet », clame à haute voix une dame aussi réjouie que si elle avait gagné au Loto.

Le drame des uns fait le bonheur des autres.

Chapitre 10

Je décroche le téléphone. Je suis venu tôt au bureau, ce matin, pour travailler sur les différentes procédures dont je suis chargé.

« Allô ?

– Oui.

– C'est vous ?

– Oui, c'est moi.

– Vous, c'est donc vous ?

– On m'a dit que vous vouliez me parler.

– En effet.

– Ce n'est pas possible.

– Il le faut pourtant.

– Je n'ai rien à dire. Que voulez-vous savoir ?

– J'exige de vous parler.

– Pas le temps.

– Ça m'est égal… Vous n'avez pas le choix. De toute façon, je connais votre passé…

– OK. Rendez-vous gare Montparnasse, en bas de l'Escalator, côté rue du Commandant-Mouchotte. Et pas d'embrouilles !

– Vous y serez ?

– Je vous rappelle d'ici une demi-heure. »

Je quitte le commissariat et file au lieu du rendez-vous à bord de la voiture de service. Enfin mon enquête progresse, le poisson a mordu à l'hameçon ! Je sais qu'un bon flic se doit de prendre des initiatives, d'aller à la pêche aux informations, de survenir là où on ne l'attend pas. Aller toujours de l'avant afin de ne pas subir : voilà l'important, pour réussir une enquête. Je me sens bien dans ma peau, engagé dans la bonne direction.

Il est onze heures, la circulation dans Paris est à peu près fluide, je n'ai nul besoin d'actionner ni le gyrophare ni le klaxon deux-tons. Il me faut vingt minutes pour me retrouver au bas de l'Escalator. J'ai même le temps de garer la voiture sur un passage réservé aux piétons, mais sans gêner la circulation. En rabattant le pare-soleil côté passager apparaît la mention « Police », ce qui me préserve en temps normal des contraventions, mais évite surtout, en principe, un enlèvement par la fourrière.

J'attends, fais les cent pas devant l'Escalator, examine le clochard qui fait la manche. Un litron de rouge dépasse de la poche de son imperméable. Il s'aperçoit que je l'observe. Il maugrée, détourne les yeux vers un jeune couple tendrement enlacé, grommelle de plus belle.

Voilà une demi-heure que mon correspondant m'a appelé. Mon portable vibre :

« Prenez l'Escalator, traversez le hall de la gare, passez devant l'accès aux voies 22 et 23, puis descendez l'escalier qui donne sur le boulevard de Vaugirard et tournez à droite vers le Bar de l'Ouest...

– Pourquoi toute cette mascarade ?

– Vous n'avez pas le choix. Je me méfie… »

Il raccroche. Je suis l'itinéraire indiqué, persuadé qu'il n'est pas loin et tient à s'assurer que je suis venu seul. Mais de quoi a-t-il peur ? Ce genre d'individu, par principe, n'aime pas les flics. Mais s'il prend autant de précautions, c'est qu'il doit craindre que Bombomy ou ses amis le voient discuter avec moi.

Cela fait deux ou trois minutes que j'attends devant le Bar de l'Ouest. J'observe les clients attablés en terrasse. Il n'est pas là. Je jette un rapide coup d'œil à l'intérieur pour voir s'il m'y attend. Un homme seul consomme au fond de la salle : ce n'est pas lui. Je ressors. Pas de Tintin. Mon inquiétude grandit : ne me suis-je pas fourré tête baissée dans un piège ? J'essaie de me rassurer en palpant mon arme de service. Geste dérisoire, j'en conviens. Mais on se rassure comme on peut. Surtout que je n'ai prévenu personne de ce rendez-vous. D'ailleurs, je ne le pouvais pas. J'agis sans bases légales, sans commission rogatoire. J'aurais pu dire au patron que je prenais contact avec un informateur qui refusait de me rencontrer dans les locaux de la police, sans lui préciser l'objet de cette entrevue. Je ne l'ai pas jugé opportun. Je redouble de vigilance. Mon inquiétude vire à l'angoisse.

Il s'agit de ne pas paniquer, de ne rien laisser paraître de mon anxiété. Je suis persuadé qu'il n'est pas loin, à m'épier. Cette mise en scène, cette attente ont pour but de me jauger. J'inspire et expire à fond, plusieurs fois d'affilée. De toute façon, s'il n'est pas là dans cinq minutes, je m'en irai comme si de rien n'était. Je me redresse, marche d'un pas normal, en regardant droit devant moi.

« Retournez-vous ! »

Sur cette injonction, j'ai comme l'impression d'être traversé par une balle de 9,35 mm. L'espace d'une fraction de seconde, je me sens terriblement seul. J'ai vraiment peur. Un homme casqué, chevauchant une grosse moto, me fait face. Je ne discerne pas son visage, ni ses mains qui sont gantées.

« Que voulez-vous savoir ? » me demande une voix que je ne connais pas.

Mon interlocuteur est coiffé d'un casque complet ; je lui pose néanmoins la question :

« Tintin, c'est vous ?

– Je répète : que voulez-vous savoir ?

– Vous pourriez au moins ôter votre casque. Pourquoi ce faux cambriolage ? Qui est Bombomy ?

– Un conseil : ne vous prenez pas pour Zorro. Évitez de vous montrer trop curieux. C'est dans votre intérêt… »

Sur ces mots, il démarre en direction de la rue de Rennes, me laissant figé sur le bord du trottoir.

Je suis à ce point sidéré que je n'ai même pas le réflexe de noter le numéro de la plaque minéralogique de sa moto.

Je me retourne, crois déceler un sourire sur les lèvres des clients du Bar de l'Ouest. Je me sens déstabilisé. Que faire ? C'est presque au pas de course que je regagne ma voiture. Une contractuelle est en train de me coller une contravention. Il ne manquait plus que ça !

« Je suis de la maison…

– Ce n'est pas une raison pour gêner les piétons. Vous devriez respecter les interdictions de stationner et donner le bon exemple. Et puis, votre métier n'est pas inscrit sur votre véhicule ! »

Elle ne va quand même pas me faire la morale, cette grosse aubergine ! Je lui montre la mention « Police » affichée sur le pare-soleil.

« Ça ne veut rien dire. Il y en a tellement qui ne devraient pas avoir le droit d'afficher ça ! »

Inutile de discutailler davantage : de toute façon, ces gagne-petit du trottoir, avec leurs carnets à souches, ne comprennent rien. Le spécimen en question me regarde démarrer en haussant ses larges épaules. J'active le gyrophare et le deux-tons pour la contrarier un peu plus.

S'impose une explication avec le patron du bistrot de la chaussée de la Muette. Je me gare en double file, m'agace à me frayer difficilement un passage entre les bicyclettes, scooters et motos stationnés de manière anarchique sur le trottoir. En pénétrant dans le bar, je devine qu'il m'a vu arriver de loin.

« Où est Tintin ?

– Aucune idée.

– Ne jouez pas au con avec moi, ou je vous fous au trou !

– Qu'est-ce qui vous prend ? Vous m'avez laissé votre numéro de téléphone pour que je le lui remette au cas où il passerait. C'est ce que j'ai fait. Si vous n'êtes pas content, la prochaine fois, vous ferez faire vos commissions par un autre. »

Je m'en vais sans un au revoir, sans rien lui demander d'autre, furieux contre moi : je n'aime pas me faire
mener en bateau par des voyous. Pour l'heure, moi, capitaine de police, je me suis conduit comme un novice.

De retour au commissariat, je trouve le patron de
méchante humeur ; il éructe contre le manque d'effec-
tifs. Vieille ritournelle. Il me demande d'aller sur-le-
champ rejoindre les collègues : trois vieilles femmes
ont été agressées en pleine rue, probablement pour les
dépouiller. L'une d'elles est tombée, est grièvement
blessée et a été transportée aux urgences de l'hôpital
Necker. Il faut l'interroger pour tenter de lui faire donner le signalement de son agresseur. La recrudescence
des vols avec violence nécessite une mobilisation de
tous les officiers de police judiciaire.

Chapitre 11

Paul Triali est devenu truand non parce qu'il est corse – tous les Corses ne naissent pas voyous, beaucoup font même d'excellents policiers –, ni pour imiter son oncle Antoine.

Personnage de légende, Antoine Triali fut à l'origine de très nombreuses escroqueries et de multiples cas de corruption de fonctionnaires, tout le monde le savait dans l'île de Beauté et pourtant il ne fut jamais inquiété ni par la police, ni par la justice. Respecté par tous, « le Renard doré », comme on l'appelait, était devenu, à la fin de sa vie, un patriarche vénéré, le juge de paix des affaires corses. Ses sentences étaient sans appel et scrupuleusement suivies. Ses obsèques furent célébrées avec faste et recueillement en présence d'une foule considérable de députés et de sénateurs, d'anciens parlementaires, de maires, de conseillers généraux, régionaux, et naturellement des présidents des chambres de commerce, d'industrie et d'agriculture. L'évêque célébra l'office.

Originaire de Porto-Vecchio, la famille Triali, tout en dénonçant, parfois dans les rangs des nationalistes, la spéculation immobilière, coupable de mutiler des paysages admirables, en avait largement profité, ce qui la mit durablement à l'abri du besoin.

Le père de Paul, Vincent Triali, avait reçu en héritage une grande partie des terrains de Cala Rossa, du Benedetto et de ceux de Marina di Fiori, dans le golfe de Porto-Vecchio. Il les avait vendus à des continentaux, mais, comme ils étaient inconstructibles et qu'il n'y avait nul moyen de contourner cette interdiction de bâtir des villas, sauf à prendre le risque réel qu'elles fussent détruites par un plasticage, les acquéreurs les avaient rétrocédés à vil prix à une société immobilière dont il était, sans apparaître ostensiblement, l'unique et véritable actionnaire, donc le seul bénéficiaire des profits ainsi réalisés. Ils furent considérables, car grâce au *miracle corse* et à diverses complicités administratives, ces terrains devinrent soudain constructibles. Il sut obtenir les permis et engranger de considérables plus-values.

Paul Triali, neveu d'Antoine et fils de Vincent, est devenu truand d'abord par goût du pouvoir. On dit dans l'île qu'il n'a pas l'intelligence de son oncle, ni l'habileté discrète mais efficace de son père. Paul aime briller, séduire, paraître, impressionner, rouler des mécaniques. Pour lui, dominer, mépriser, humilier, dénigrer sont les seuls attributs qui comptent.

L'image de soi que l'on véhicule compte énormément pour s'imposer dans le milieu. Persuadé qu'un petit gros, gras, négligé aura plus de mal à percer qu'un grand, svelte, élancé, élégant. Les femmes, qui comptent beaucoup pour Triali, seront, telle est sa conviction, plus aisément séduites par un homme bien fringué. Bref, il soigne sa silhouette, porte des chaussures à talonnettes pour rehausser sa taille, et, en sus de la musculation qu'il pratique régulièrement, du strict régime alimentaire qu'il s'impose, il court pratiquement une heure chaque matin autour du lac du bois de Boulogne où il se rend vers neuf heures à moto.

Ce jour-là, il ne se rend pas compte qu'il est discrètement attendu, observé. Il ne perçoit pas la menace. Et c'est donc tout tranquillement, en survêtement bleu marine de chez Lacoste, comme à l'accoutumée, qu'il entame son entraînement. Il ne court pas mais trottine, de temps à autre accélère un peu l'allure. Près de la cascade, seul endroit du parcours à l'abri des regards extérieurs, il s'arrête pour une petite séance d'assouplissements. Des mains, en se pliant, il touche ses orteils, puis réédite l'exercice lentement, en expirant à fond, de manière à bien contracter les muscles du ventre. Tout à ce mouvement, il ne voit pas l'homme qui lui fait face au beau milieu du sentier. Il n'a pas le temps de réagir, d'avoir peur ou de proférer le moindre mot. Alors qu'il se redresse, il est frappé et s'écroule instantanément, mortellement atteint par une balle tirée en plein cœur.

Après avoir dévissé le silencieux de son Sig 229, intelligemment choisi comme provenant du cambriolage en Corse d'une gendarmerie, l'assassin le range dans la poche de son blouson. Il n'accorde pas la moindre attention au corps qui gît à ses pieds, marque un bref temps d'arrêt, regarde à droite, à gauche, puis, à grandes enjambées, mais sans courir, il regagne sa voiture stationnée non loin. Il démarre normalement, pour ne pas attirer l'attention, tout en sifflotant les premières notes de *Tiens, voilà du boudin*...

Chapitre 12

À mon arrivée au commissariat, ce matin, le planton m'avertit que le patron, qui arbore son air grognon des mauvais jours, a demandé si j'étais déjà là. Il semblait impatient de me voir.

« Tu devrais y aller prestissimo. Soulever le couvercle de la casserole avant qu'elle ne déborde est toujours préférable : ça évite bien des dégâts », me conseille ma collègue, amie et parfois complice Catherine Pillet.

Sitôt admis dans son bureau, sans vraiment me dire bonjour, ou alors c'est le bougonnement que j'ai cru entendre qui a tenu lieu de mot de bienvenue, le boss me tend une photo et me reluque sans rien dire. Elle a été prise au téléobjectif alors que je parlais à l'homme à moto, devant le Bar de l'Ouest, près de la gare Montparnasse. Je dissimule au mieux ma surprise.

« Lisez ce qui est écrit au dos », m'ordonne-t-il.

On a tapé à la machine : *Dites-lui de se mêler de ses oignons et de ne pas jouer avec le feu.*

« Ça veut dire quoi, ce cinéma ? J'ai reçu cela sous pli anonyme…

– Quelqu'un a voulu jouer au plus malin avec vous, dis-je avec un aplomb qui me surprend moi-même. Je rencontre une connaissance, on bavarde…

– Ne me prenez pas pour un enfant de chœur, je n'aime pas du tout ça !

– C'est un des mes informateurs. On ne fait pas de la police simplement en lisant le journal ou en regardant la télé. Vous savez fort bien qu'il faut aller à la pêche aux renseignements. C'est ce que je fais.

– Attention à ne pas vous compromettre inutilement. Ne soyez pas un jouet qu'on manipule, qu'on fait chanter et qu'on brise, à la fin, quand on n'en a plus besoin. Ne réduisez pas le rôle de la police à celui d'un mouchoir en papier qu'on jette après usage… » Il marque un arrêt, puis ajoute : « Dites-moi, capitaine… »

Lorsque le patron vous appelle par votre grade, ça n'est en général pas de très bon augure pour la suite des événements, mais souvent annonciateur d'une belle engueulade.

« La procédure relative au cambriolage chez Bombomy, à la chaussée de la Muette, est bien close, n'est-ce pas ? Il y a eu classement sans suite par le parquet, vous ne l'ignorez pas ? » insiste-t-il en quêtant mon regard.

Je dois surtout ne pas reconnaître que je poursuis mes investigations, malgré la décision du procureur de la République. Ne jamais avouer la vérité, ou plus exactement – j'ai appris cela des vrais voyous – ne pas se faire arracher des aveux. Toujours choisir le bon moment où l'on reconnaîtra les faits qui vous sont reprochés. Et, si possible, reprendre l'initiative avant d'admettre ses torts.

« Bien sûr qu'elle est terminée. Justement, je souhaitais vous en parler…

– Heureuse coïncidence !

– Vous vous en souvenez, la caution de l'appartement, trois mois de loyer payés d'avance, avait été réglée par chèque au nom de la société Négoce international. Eh bien, je viens juste d'apprendre qu'il pourrait s'agir d'une société-écran. Plus exactement, son siège social n'est pas à Bordeaux, mais à Monaco. Ce chèque aurait été tiré sur un compte ouvert à l'agence bordelaise de la Société méditerranéenne de crédit. Tout cela est bien trop compliqué pour être honnête. Par ailleurs, d'après un de mes informateurs du quartier, l'ancien gardien de l'immeuble pourrait être impliqué dans le prétendu cambriolage. Dans ces conditions, et compte tenu de ces précisions, je crois qu'il faudrait que le parquet ouvre une information judiciaire. Cela nous permettrait d'avoir confirmation de ces renseignements officieux. J'ai de plus en plus la conviction que ce cambriolage cache tout autre chose. Nous devrions pouvoir poursuivre l'enquête…

– Je n'apprécie pas beaucoup votre manière d'agir. N'oubliez pas qu'il s'agit d'une affaire signalée par le préfet. Plus vite on s'en débarrasse, mieux on se porte !

– Si on cache ce que l'on sait, ce n'est pas bon non plus et risque bien de nous retomber sur le coin de la figure.

– Faites-moi un rapport complémentaire. Je le transmettrai au parquet, qui avisera. En attendant, si j'ai un conseil à vous donner, mettez la pédale douce. Plus un dossier est complexe, plus les mis en cause sont de hautes personnalités, plus vous devez prendre le maximum de précautions. Vous avez un peu tendance à forcer le cours des événements. Sauf flagrant délit ou situation périlleuse, laissez du temps au temps, permettez à l'ennemi de se découvrir, de commettre une imprudence. C'est alors et alors seulement qu'il convient de lui tomber dessus, de le *cravater* ! Soyez aussi roublard qu'un chat de gouttière. Faites attention où vous mettez les pieds : ceux que vous croyez être vos alliés peuvent devenir vos pires ennemis. »

Je sors du bureau et croise ma collègue Catherine Pillet. Elle perçoit le soulagement que j'exprime en soufflant à fond sitôt la porte refermée.

« Ça s'est mieux passé que prévu. L'orage s'est dissipé dans une émouvante leçon de morale policière…

– Comme tu le dis, ma biche ! J'ai eu droit, comme à l'habitude, à un sermon édifiant. Il a dû débuter sa carrière au sortir du petit séminaire. Si tu es libre, je t'invite à déjeuner…

– Oui, mais je ne suis libre qu'à déjeuner…

– Toujours la même litanie ! Dès que je m'approche un peu trop près, tu me repousses…

– Je commence à bien te connaître et ma pratique des hommes me laisse peu de doutes sur leurs véritables intentions…

– Tu ne sais pas ce que tu perds en refusant de prendre le pousse-café avec moi !

– Mets un point final à tes divagations, obsédé ! Ta maxime pourrait être : "En moins de deux minutes, douche comprise, il dégaine et tire !"

– Plutôt flatteur ! Tu devrais essayer…

– Non, jamais dans la paroisse : c'est ma règle. Tu n'as donc aucune chance.

– Mais nous déjeunons tout de même en tête à tête ?

– Tu passes me prendre, mais après le café, boulot, pas dodo ! »

Chapitre 13

Je ne sais pour quelles raisons particulières, peut-être le temps pluvieux qui baigne Paris, plus certainement parce que je me suis fait avoir comme un bleu par Tintin, mais j'éprouve ce matin, en débarquant au commissariat, un vif sentiment de lassitude, voire de défaitisme. Une chape de fatigue, physique autant que morale, me tétanise. Je n'ai plus envie de rien, ma volonté est comme anesthésiée. Je n'ai même pas le désir d'aller prendre un café au distributeur automatique et de papoter avec mes collègues, comme à mon habitude, ni de draguer Catherine, ma jolie collègue. « À quoi bon ! » C'est l'expression qui revient sans cesse dans ma tête chaque fois que j'examine une nouvelle procédure.

Toute la journée j'effectue en automate mon travail d'officier de police judiciaire. Mes clients habituels, je les interroge sans pugnacité. Pourquoi, me dis-je, perdre mon temps avec ces voyous qui, de toute façon, continueront à escroquer, voler, agresser, dealer et se droguer ? Pourquoi écouter ces plaignants geignards dont la plupart cherchent à forcer l'importance du préjudice subi pour escroquer leur assurance ? Eux aussi truandent, mais, s'ils ne grèvent pas trop l'addition, ils ne seront pas poursuivis. Nous, policiers, ne sommes que les greffiers de cette société de l'arnaque généralisée.

Même l'affaire de cambriolage de la chaussée de la Muette, avec cet étrange patron, ce député inconnu, sa pathétique épouse, cet énigmatique gardien, ce bellâtre de gérant, qui m'excitait tant au départ, commence à me lasser.

Est-ce la crainte de ne pas être à la hauteur de la situation, la peur de ne pouvoir assumer les conséquences de mes investigations, de me retrouver seul face à la vérité dont je pressens qu'elle risque de déranger ? Anxiété, aussi, eu égard aux risques que je prends pour la suite de ma carrière ? Poursuivre une enquête sur une affaire classée par le procureur de la République, si cela se sait, peut vous conduire devant le conseil de discipline et vous diriger tout droit vers la sortie de secours, sans les honneurs et sans pension de retraite.

La société est avec nous sans complaisance aucune. Nous n'avons pas le droit de nous écarter du chemin tracé par le code de procédure pénale. Nous agissons en liberté très surveillée. Nos concitoyens sont plutôt indulgents avec les grands voyous. Parfois, ils leur confèrent même un statut de héros. Des livres vantent leur courage à travers le récit de leurs méfaits, des films retracent leurs crimes sous un jour favorable. Rien de plus glorieux que de mériter le titre d'« ennemi public numéro 1 » ! Nous, nous n'avons pas droit à un pareil traitement de faveur. Certes, il existe des livres sur la police et le quotidien des flics : ils sont souvent le fait d'anciens collègues qui se font ainsi plaisir ; parfois avec talent, ils louent leur indépendance alors même qu'ils ne sont plus en fonction, l'habileté avec laquelle ils ont su concilier des intérêts contradictoires, alors même qu'ils sont à la retraite. Au terme de notre carrière, notre professionnalisme, notre courage, notre opiniâtreté sont parfois salués par la médaille de la police nationale, au mieux par un bout de ruban bleu, voire exceptionnellement rouge.

Pour me déstresser, je rentre chez moi à pied : j'habite le XV⁰ arrondissement et cela me fait une bonne heure de marche à un rythme normal. Parvenu au Trocadéro, j'ai la curieuse sensation d'être épié. J'ai beau regarder à droite, à gauche, me retourner à plusieurs reprises, revenir sur mes pas : je ne constate rien d'inquiétant.

Le clodo qui zone près de chez moi me reluque. Sa façon de me fixer m'inquiète. Veut-il me signifier à sa manière qu'un danger me guette ? Je décèle dans ses yeux l'éclat lugubre de la mort. Il pousse un hurlement. Je sursaute. Il sourit de toutes ses dents manquantes.

Chapitre 14

Comme chaque matin, je me plonge dans *Le Parisien*, instrument de travail essentiel pour un flic œuvrant dans la capitale. L'étalage des faits divers, les pages du milieu consacrées à l'actualité des différents quartiers, délivrent une bonne photographie de la vie parisienne, de la vraie vie, pas celle, factice, relatée par les magazines *people*.

Le Parisien de ce jour – il faut bien vendre – titre sur trois colonnes en première page : « La guerre des gangs refait rage à Paris. » On y rapporte avec force détails l'assassinat, « à deux pas des Champs-Élysées », d'une balle en pleine tête, de Maurice Jietrio, *alias* le Grand Maurice, « personnalité bien connue et jusqu'à présent respectée du milieu parisien ».

On le présente comme un personnage mystérieux, sans scrupules et sans pitié : « Monté de Toulouse, dont il est originaire, il a grandi dans le respect de la légende des frères Fargette, notamment du tristement célèbre Jean-Louis Fargette qui fit régner une terreur sanguinaire, il y a plus de vingt-cinq ans, et qui tenta d'investir le milieu parisien. »

Le Grand Maurice est dépeint par le journaliste et

selon une « source proche de l'enquête », écrit celui-ci, comme l'un des plus habiles receleurs, qui, grâce à ses nombreuses relations, a souvent su passer au travers des mailles du filet de la police.

L'article évoque par ailleurs le meurtre de Paul Triali au bois de Boulogne, « tué probablement par des Corses ; la balle qui l'a mortellement frappé provenait d'une arme volée dans une gendarmerie près d'Ajaccio ». Pour le journaliste, c'est la preuve qu'il s'agit d'un règlement de comptes entre mafieux de l'île de Beauté.

Triali est présenté comme un truand hâbleur et prétentieux, sans grande envergure, braqueur, escroc et parfois même proxénète. Bien connu des services de police, après avoir sévi en Corse, il serait récemment « monté » à Paris et « aurait eu la prétention, toujours selon le journaliste, d'occuper une place de premier plan dans la hiérarchie de la pègre parisienne. Mais ses ambitions étaient contestées ».

Son nom apparaissait dans plusieurs enquêtes judiciaires en cours, précise l'auteur de l'article, notamment dans le braquage de bijouteries de la place Vendôme et de la rue de Rivoli, à Paris. Il aurait agi seul, avec un sang-froid insolent, à visage découvert, mais, semble-t-il, grimé et coiffé d'un panama. La même façon d'opérer que lors du vol commis trois mois auparavant au préjudice d'une célèbre bijouterie du rond-point des Champs-Élysées.

À l'occasion de plusieurs cambriolages importants, des soupçons, non étayés de preuves, s'étaient concentrés sur lui. Il aurait été récemment placé en garde à vue dans les locaux de la police judiciaire pour être entendu dans une affaire de trafic d'armes, mais laissé libre à la suite de son audition, faute de charges suffisantes.

Agissant la plupart du temps seul, il savait aussi où recruter des « amis » pour attaquer des convoyeurs de fonds. Il était, « selon des sources policières bien informées », devenu expert pour se procurer des armes nécessaires au percement du blindage des fourgons.

« Ces règlements de comptes, conclut l'article, vont en entraîner d'autres, tout aussi meurtriers : la guerre des truands parisiens a bel et bien commencé ! »

J'ai toujours admiré l'assurance des journalistes qui se disent spécialisés dans les affaires judiciaires. Très rarement ils doutent. Nous connaissons leurs sources : ce sont des avocats, voire des magistrats, parfois même certains collègues impudents. Souvent, ces indiscrétions résultent d'une volonté de manipuler l'information, d'orienter les commentaires, de se mettre en valeur, de profiter ultérieurement des bonnes grâces des hommes de presse.

Chapitre 15

Depuis l'élimination du Grand Maurice et celle de Paul Triali, le Légionnaire redouble de précautions. L'un et l'autre avaient des fidèles qu'ils faisaient vivre en leur fournissant du travail, et plusieurs sous-traitants en profitaient largement. Eux disparus, des rivalités jusque-là contenues vont s'exacerber. Tout étant rapports de forces, les cartes sont en train d'être redistribuées, ils sont plusieurs à vouloir prendre la main ; mieux vaut se tenir à l'écart pour éviter une balle perdue.

Il est surtout conscient que, pour ses ex-lieutenants corses, le deuil de Triali ne prendra fin que lorsqu'on retrouvera son meurtrier gisant à terre avec plusieurs projectiles dans la tête. Truands ou non, chez les Corses, la vengeance est légitime.

Aux yeux de beaucoup, le scénario est signé dans la mesure où Triali, jamais avare de confidences, n'appréciait pas le Légionnaire. Il lui menait une guérilla permanente et, depuis un certain temps, avec la complicité du Grand Maurice, il manœuvrait de façon à le faire tomber *naturellement* entre les mains de la police. Mais le Légionnaire a su déjouer les pièges tendus et deviner par qui ils l'avaient été.

Pour celui-ci, la période qui s'ouvre est donc délicate. Il se doit de redoubler de précautions. D'autant plus que, s'il s'en sort sans dommages, son autorité et donc son carnet de commandes ne feront que croître.

Par prudence, il n'est allé ni en Touraine ni à Pornic : la chasse et la pêche passent après les affaires. Il n'a pas voulu s'installer non plus dans son studio de la rue Saint-Jacques. Il y est seulement passé quelques heures, se doucher, souffler et se changer.

Il a décidé de prendre le chemin du Perche, région qu'il ne connaît pas : il y a repéré un relais-château, semble-t-il, très agréable. Il s'y rend en voiture de location par la nationale 12. Il veille à faire deux fois le tour du périphérique avant de quitter Paris, lorgne souvent dans son rétroviseur, refait à plusieurs reprises le plein d'essence pour éviter la panne sèche, au cas où il lui faudrait semer des suiveurs. Il choisit à dessein des stations-service où il y a affluence de clients.

Un véhicule gris, qui semble le suivre à distance, l'intrigue puis l'inquiète. Il ne peut le semer en accélérant : la vitesse est réglementée, et les radars ou contrôles de gendarmerie sont nombreux. Il a d'ailleurs bien veillé à attacher sa ceinture de sécurité pour ne pas être interpellé par une patrouille de motards.

Au niveau de la commune de Nonancourt, dans le département de l'Eure, il fait trois fois le tour du rond-point dit des Anglais et se retrouve derrière la voiture suspecte. Il a l'impression que son conducteur hésite, mais continue tout droit en direction de Verneuil-sur-Avre. Lui, décide de rebrousser chemin.

À Paris, il se gare avenue Marceau, pénètre dans le Drugstore, traverse le magasin, fait semblant d'acheter des cigarettes – il ne fume plus depuis qu'il a quitté l'armée –, ressort du côté de l'Arc de triomphe, descend les Champs-Élysées. À hauteur de l'avenue Montaigne, il change de côté, remonte l'avenue sur l'autre trottoir, hèle un taxi, se fait conduire au pied de la tour Eiffel où il se fond parmi les touristes, encore nombreux en ce début de soirée, venus admirer les illuminations. Il est alors vingt heures. Il appelle son meilleur et même unique ami.

Vincent Balini, il le connaît depuis l'armée, même s'ils ne servaient pas dans le même régiment. Ils ont vite sympathisé, pris ensemble de bonnes cuites, dragué les mêmes filles, passé des heures à jouer au poker. Puis le temps les a séparés. Ils ont quitté l'uniforme. L'un, le Légionnaire, est devenu un délinquant, l'autre, Vincent Balini, fait de la politique : maire d'une petite commune des Yvelines, il espère bien devenir un jour député. L'un est parfois recherché par la police, l'autre est souvent salué par elle. L'un est spécialiste dans l'effraction des portes et coffres, l'autre est un professionnel des cabinets ministériels. Le premier a un passé judiciaire et souhaite travailler dans la plus grande discrétion, le second croit en son avenir politique et cherche volontiers à se faire remarquer.

« Je vais venir te voir…

– Je ne suis pas seul, répond l'élu.

– Encore en train de baiser ? Blonde ou brune ?

– Ne t'inquiète pas, elle ne s'en prendra pas à ta vertu : elle n'apprécie que les innocents… »

Le Légionnaire s'installe peu après chez son ami, rue de l'Amiral-d'Estaing, dans le XVIᵉ arrondissement. Il y sera en sécurité, personne ne viendra le déranger. C'est la deuxième fois en trois ans que le malfrat a ainsi recours à la bienveillante hospitalité de l'édile.

Chapitre 16

Vers midi, je repasse machinalement devant l'immeuble de la chaussée de la Muette. J'attends la sortie de Pascal Casetti, *alias* Tintin. Il m'a humilié et je n'ai pas l'intention de m'écarter de cette enquête sans avoir au moins compris pourquoi il s'est ainsi joué de moi.

Je vois partir le député Riffaton. Il est accompagné d'un individu que je ne connais pas. L'inconnu est beaucoup plus jeune que lui, sa mise est élégante. Je prends des photos des deux hommes. J'ai toujours sur moi, même hors service, déformation professionnelle oblige, un petit appareil équipé d'un zoom relativement puissant.

Puis je patiente encore un bon moment. À midi et quart, je retourne à la Brasserie de la Muette. Visiblement, le patron me bat froid et évite de croiser mon regard. J'attends en vain Tintin.

Cette absence répétée m'intrigue. Plusieurs jours d'affilée, mais à des heures différentes, je planque ma voiture et ne me montre pas à la brasserie dont le patron pourrait le prévenir de ma présence afin qu'il ne se pointe pas. Presque chaque fois j'aperçois le député, toujours escorté du même élégant jeune homme.

Une autre fois, c'est Bombomy qui s'engouffre dans un taxi. Aucune trace de Tintin.

N'y tenant plus, je me décide à aller voir qui occupe la loge. Pour plus de discrétion, j'entre dans l'immeuble par la porte de service. Elle est toujours encombrée de poubelles aux relents nauséabonds. Dans le hall, un personnage m'interpelle. Sa taille me paraît surdimensionnée ; il me toise avec mépris et m'accueille par un grognement. Il me fait remarquer que démarchages et quêtes sont interdits.

« Je viens voir le gardien.

– C'est moi.

– Votre prédécesseur…

– Il ne travaille plus ici.

– Pourquoi ? Savez-vous où je peux le joindre ?

– Non. C'est pour quoi ?

– Pour rien : je suis un de ses amis.

– Aucune idée. Je fais mon job. Suis pas les pages jaunes de l'annuaire ou un bureau de renseignements. »

Sans répliquer, malgré l'envie que j'en ai, je quitte l'immeuble. De mon portable j'appelle le bureau du gérant pour obtenir plus de précisions sur cette disparition inopinée. J'apprends que Tintin a quitté son emploi sans fournir d'explication et sans préavis.

Finalement, je retourne voir le nouveau gardien. Son accueil est toujours aussi désagréable. Je lui mets sous les yeux ma carte professionnelle.

« Vous faites donc partie de la police ?

– Oui, et vous allez répondre aimablement à mes questions. Monsieur Bombomy, qui habite au troisième, est-il souvent là ?

– Il est très discret, je ne le vois que rarement. Il part le matin, rentre tard, s'absente parfois plusieurs jours.

– Il vit seul ?

– Je crois, mais, en fait, je n'en sais trop rien.

– Il fréquente d'autres personnes de l'immeuble ?

– Il me semble qu'il connaît son voisin de palier.

– Riffaton ?

– Oui, un nom comme ça.

– Vous êtes certain de ce que vous dites ?

– Oui, pourquoi ? Quel mal y a-t-il à cela, puisqu'ils habitent au même étage ?

– Vous me confirmez que, pour vous, monsieur et madame Riffaton connaissent bien Bombomy ?

– Lui, oui. Sa femme, je l'ignore. Il n'y a pas de mal à ça… La semaine dernière, Riffaton et sa femme ont croisé Bombomy dans le hall. Ils ne se sont pas parlé, seulement un hochement de tête. Or, la veille, j'étais dans l'escalier, ils ne m'ont pas remarqué, mais j'ai pu voir Riffaton sortir de chez Bombomy. Il n'avait pas l'air très heureux, je crois même qu'ils se sont engueulés… Mais je ne vois pas pourquoi vous me posez ces questions. Je ne vais pas avoir de problèmes, au moins ?

– Ne vous inquiétez pas. »

Je le quitte en sortant par la grande porte. Ce que je viens d'apprendre est on ne peut plus intéressant. Le député m'a donc menti quand il m'a dit ne pas du tout connaître son voisin. Pourquoi ?

Au commissariat, le patron me fait savoir qu'à la suite de ma nouvelle note de synthèse, le parquet a ouvert une information judiciaire. Une commission rogatoire du juge d'instruction nous a été adressée, prescrivant « toutes investigations nécessaires à la manifestation de la vérité ». En me la remettant, le patron me demande avec un petit sourire de ne pas en profiter pour faire n'importe quoi. Il précise de son ton sentencieux : « Les personnalités en cause requièrent tact et diplomatie ! »

Tout cela me remonte le moral. Me voici enfin doté d'un cadre légal pour poursuivre mes recherches.

Chapitre 17

P'tit Louis, le gardien de nuit du modeste hôtel de la rue des Tournelles, près de la Bastille, est un personnage généreux. Il aime rendre service, aider autrui. Dans le quartier, c'est quelqu'un.

L'Hôtel des Tournelles, l'établissement sur lequel il veille du lundi au samedi, de vingt et une heures à huit heures du matin, n'est ni luxueux ni très moderne. La propriétaire, une vieille femme qui vit seule depuis le décès de son mari, il y a quinze ans, n'a pas l'intention d'engager le moindre centime dans sa rénovation. Tout modeste qu'il soit, l'endroit est néanmoins bien tenu, notamment parce que P'tit Louis y veille.

Fils d'un humble quincaillier de la rue du Pas-de-la-Mule, près de la place des Vosges, au magasin lentement étouffé par ce qu'on appelle pudiquement le grand commerce, c'est-à-dire la concurrence que grandes et moyennes surfaces se mènent sur le dos des petits commerçants, il a d'abord travaillé avec son père, puis occupé divers emplois dans le quartier de la Bastille. Il a lavé les carreaux de la synagogue, les vitrines de nombreux commerçants, fait le ménage ou de menues réparations ici ou là, jusque chez un ancien ministre qui habite le quartier et qui l'a payé en argent liquide pour ne pas avoir à régler de charges sociales. Il a aussi fait la plonge dans divers restaurants où il a toujours été rémunéré au noir. P'tit Louis s'est toujours débrouillé et n'a jamais vécu aux crochets d'organismes sociaux. Ce n'est pas un fainéant ni un profiteur. Il a sa dignité et ne se plaint pas. Mais il a besoin de travailler, et il aime cela. Il n'a rien reçu de ses parents lorsqu'ils sont décédés.

Cela fait cinq ans qu'il est veilleur de nuit. Son salaire, on ne peut plus chiche, lui permet à peine de vivre. Heureusement, à la suite de son prédécesseur, parti à la retraite, et moyennant quelques billets, il fait office de poste restante. Il transmet les messages aux uns, avertit les autres qu'ils sont recherchés par tel ou tel. Il ne répugne pas non plus à accueillir les policiers qui, la nuit, patrouillent dans le quartier, et à leur signaler tel individu louche qu'il a vu zoner dans le coin. Ce type de services rendus à la police nationale sont naturellement gratuits, mais à charge de revanche. Ainsi, il y a un certain temps, un clochard éméché, dégageant une forte odeur d'urine, avait voulu camper pour la soirée devant l'entrée de l'hôtel : un appel de P'tit Louis au commissariat et tout est rentré dans l'ordre – le clochard puant a dû aller vider son litron ailleurs.

Les commerçants de la rue apprécient l'efficacité de P'tit Louis. Un petit cadeau de-ci, de-là – des pommes de la part du marchand de primeurs, un pain au chocolat de celle du boulanger ou une bière de celle du patron de bistrot – scelle ou entretient ces bonnes relations. P'tit Louis est non seulement respecté, mais, au surplus, il se sent utile, reconnu et apprécié. Il en est heureux.

Ceux qui souhaitent joindre le Légionnaire passent par son intermédiaire. Il ne sert que de messagerie. Quand le Légionnaire téléphone, il se borne à lui répercuter les appels. Sa mission s'arrête là. Il ne pose pas de questions, P'tit Louis, il n'est pas curieux. Peut-on le lui reprocher ?

En fait, il n'a jamais rencontré le Légionnaire et ne connaît pas son vrai nom. C'est son prédécesseur qui était en relation avec lui. Quand il est parti à la retraite, P'tit Louis a continué à prendre les messages et à les transmettre. Parfois, il trouve glissée sous la porte une enveloppe blanche contenant un billet de cinquante euros.

La patrie de P'tit Louis, ce sont ces rues à la limite des IIIe et IVe arrondissements de Paris : celle du Pas-de-la-Mule où il a grandi, celle des Blancs-Manteaux où se trouvait l'école primaire qu'il a fréquentée – pas toujours très assidûment –, celle des Tournelles où il veille la nuit à l'ombre de la statue de Beaumarchais, mais aussi la rue Quincampoix où il vit seul dans deux pièces sous les toits avec Urfé, sa petite chienne de race malinoise, qu'il a recueillie en l'extirpant des cages de la Société protectrice des animaux. Elle est sa seule compagnie, son inséparable amie.

Hier, avant de quitter l'hôtel, il a été appelé par un certain Claude. Celui-ci lui a demandé d'avertir au plus tôt le Légionnaire de « faire très gaffe, que ça sentait le cramoisi, et qu'il souhaitait lui parler rapidement ».

C'est la première fois que P'tit Louis reçoit un tel message. Depuis, il n'est pas très rassuré.

En s'éloignant de l'hôtel avec Urfé, il ne remarque pas l'individu qui le suit à distance : le crâne rasé, la nuque épaisse, la carrure et les pectoraux de ceux qui passent leur temps dans les salles de musculation, l'homme mastique machinalement un chewing-gum qu'il finit par cracher. Il a l'allure et la démarche d'un tueur comme on en voit au cinéma.

P'tit Louis ne répercute le message de Claude au Légionnaire que quarante-huit heures après l'avoir reçu, car il ne connaît évidemment pas le numéro de son portable ni son adresse. C'est le Légionnaire qui l'appelle.

Chapitre 18

Paul Robin, *alias* le Légionnaire, et Claude Riffaton entretiennent une relation ancienne et singulière qu'il serait difficile de qualifier d'amicale. La vie scelle parfois des fréquentations dont on a du mal à s'extirper et qui finissent par devenir encombrantes.

Il y a une dizaine d'années, Claude Riffaton est pris par la passion de la politique et décide de se présenter aux élections. Son ambition est d'accéder au palais Bourbon, cœur de la vie parlementaire. Il se voit entamer une carrière prometteuse qui lui permettra peut-être de décrocher un maroquin ministériel. C'est là son rêve. Il s'organise pour mettre toutes les chances de son côté.

Il est avocat au barreau de Paris et, comme bien d'autres de ses confrères, ne vit que de son métier, et en vit plutôt mal. Il partage son temps entre le palais de justice de Paris et les prisons de Fleury-Mérogis, Fresnes et la Santé. Il ne dédaigne pas les commissions d'office qui lui assurent quelques rentrées financières, toujours les bienvenues. Jusqu'alors, il n'a pu profiter d'une affaire assez retentissante pour acquérir la notoriété qui lui attirerait des clients en plus grand nombre.

Il végète et, pour tout dire, s'ennuie. Il éprouve un sentiment de gâchis, car il estime avoir du talent et plaider plutôt mieux que certains de ses confrères qui bénéficient d'un renom et en profitent aisément. Il décide donc de changer d'orientation et, tout en continuant plus ou moins à exercer comme avocat, de devenir député.

Il sait qu'il doit se faire des relations, connaître du monde, se constituer un réseau d'amis. Par l'entremise d'un confrère, il se fait initier dans une loge dépendant du Grand Orient de France, adhère à l'association du Palais littéraire et rejoint celle des Amoureux de Paris. Il n'a évidemment pas les revenus suffisants pour inviter régulièrement à déjeuner ou à dîner, organiser des réunions, même modestes, où il rencontrerait des personnalités parisiennes et celles du quartier sur lequel il a jeté son dévolu électoral. Il n'a pas les moyens de faire fonctionner un site Internet, d'y avoir son blog, de correspondre régulièrement avec ses futurs électeurs et les principaux relais d'opinion. Sans argent, difficile d'exister, de se faire connaître, d'acquérir une notoriété suffisante.

Quand il décide de se présenter aux élections législatives, il n'a pas de trésor de guerre, sa femme lui sert de secrétaire et il n'a pu bénéficier de l'investiture d'un grand parti. Il porte l'étiquette du Rond-point des droites modernes et européennes (RDME), petite formation dirigée par un exalté, éternel recalé du suffrage universel, mais malin, qui a compris comment, en multipliant les candidats, il lui sera possible de vivre aux crochets de l'État.

Le patron du RDME gardant pour lui l'intégralité des subventions publiques, Riffaton se démène pour dénicher un financement à la hauteur de ses prétentions. C'est ainsi que, sur « la route du zinc », comme il qualifie sa tournée quotidienne des bars pour se montrer et serrer des mains, il sympathise avec Paul Robin, lequel se présente à lui avec le grade de colonel.

Il le croise plusieurs fois au cours du même mois, et, d'expresso en pastis, de perroquet en Perrier citron, de côtes-du-rhône en Monaco, Riffaton finit par lui confier les difficultés auxquelles il se heurte pour financer sa campagne face aux candidats des grands partis.

À cette époque, face aux caciques qui négligent les campagnes de proximité, Riffaton, par ses descentes quotidiennes dans les bistrots, sa présence sur les marchés, aux sorties de métro, aux arrêts de bus, par son méthodique porte-à-porte dans les immeubles, quatre heures par jour à monter et à descendre les escaliers, commence à se faire connaître et à se rendre sympathique. On aime bien en politique que David défie Goliath. Finit par se diffuser lentement la rumeur selon laquelle Riffaton peut inquiéter et même, pourquoi pas, battre le député sortant qui brigue pour la cinquième fois le titre confortable de député de la capitale.

Par goût du jeu d'abord, par intérêt ensuite, Paul Robin décide d'investir dans l'avenir de Riffaton. Il lui procure le financement indispensable au succès, lui fournit le matériel nécessaire à une bonne propagande, mais lui fait naturellement aussi signer des reconnaissances de dettes. Les sommes augmentent. Riffaton est bien le seul à croire qu'il va pouvoir les rembourser. Paul Robin est vite convaincu du contraire.

Finalement, Riffaton n'est pas élu, les électrices et électeurs ont fait une nouvelle fois confiance au sortant, mais il l'a mis en ballottage. Il apparaît désormais comme la relève, une valeur montante dans cette circonscription parisienne. Paul Robin sait que le retour sur investissement est parfois un peu long. La pertinence et la rentabilité d'un placement s'apprécient sur la durée.

Aux élections suivantes, le parti majoritaire pousse le député sortant vers la sortie et investit Claude Riffaton comme candidat unique de la majorité. Paul Robin, le Légionnaire, exulte. Régulièrement, il rappelle au nouvel élu qu'il est à l'origine de sa carrière et fait parfois allusion aux dettes que Riffaton a contractées à son égard.

Au début, Paul Robin, dont Riffaton ne connaît pas les agissements, ne sollicite que de menus services : exonération du paiement des contraventions, obtention sans délais de papiers divers, mais, progressivement, il se fait plus exigeant. Il demande ainsi, pour une relation, l'examen bienveillant d'une demande d'agrandissement d'une surface commerciale en vue de créer un hypermarché. Par l'entremise de Riffaton, le Légionnaire obtient aussi, pour un bon ami, l'achat à bon prix, par une société immobilière de la région parisienne, d'un terrain inconstructible mais qui va le devenir.

Un jour, Paul Robin invite à déjeuner Riffaton en compagnie d'un certain Jean-Maurice Lorin qu'il lui présente comme un industriel talentueux. Le « roi de la conserve », comme il le qualifie, est en réalité le frère de Julien Lorin, vieille connaissance de la prison.

Lorin séduit Riffaton qui commence par investir de modestes sommes dans la petite conserverie de sardines que Lorin a installée à Arcachon. Cet argent lui est fourni par Paul Robin. Naturellement, l'affaire ne connaît pas le développement espéré. Riffaton est alors sollicité, au motif d'emplois à sauver, d'obtenir des avantages fiscaux, des remises de pénalités pour non-paiement de charges sociales, etc.

Mus par une complicité non écrite mais parfaitement réglée, Lorin et Robin tiennent Riffaton. Celui-ci ne s'en aperçoit pas au début, puis, quand il s'en inquiète, il est trop tard.

Chaque fois que Claude Riffaton manifeste des velléités d'indépendance, le Légionnaire lui rappelle l'étendue de ses dettes. Il est même arrivé qu'il lui fasse peur, le menaçant de révéler à la presse que ses comptes de campagne étaient faux : ils ne faisaient pas état des sommes reçues en liquide, pour lesquelles il avait imprudemment signé des reconnaissances de dettes.

Puis Riffaton n'a pas résisté longtemps à l'attrait de l'argent, et surtout à l'espoir d'en gagner plus. Lui, qui a longtemps galéré, s'est laissé séduire par le luxe, les restaurants huppés, les séjours sur la Côte ou en Corse, l'argent facile. Il a divorcé, déménagé, fréquenté des personnages à la moralité douteuse, obsédés par le paraître. Le piège s'est refermé sur lui, d'abord sans qu'il s'en rende compte, puis sans qu'il s'en soucie. Sur les conseils et avec la complicité de ses mentors, il a investi dans des affaires pas toujours transparentes sur le plan fiscal.

Sur les recommandations de Lorin, il a spéculé en Bourse ; au début, il a bien fait fructifier son argent, puis il a beaucoup perdu du fait de la crise financière. Pour se renflouer, toujours sur les instructions de Lorin, il a investi dans des sociétés étrangères de l'argent fourni par le Légionnaire et dont l'origine n'était jamais très claire, mais il ne s'en souciait guère. Il a aussi ouvert un compte à Jersey. Il s'est laissé entraîner dans des montages financiers qui permettaient en fait à Lorrin et au Légionnaire de recycler de l'argent d'origine douteuse.

En rapace intelligent, Jean-Maurice Lorin a donc toujours veillé sur Claude Riffaton avec une attention qui était loin d'être désintéressée. Plus la carrière politique de Riffaton se déroulait convenablement, plus ses sponsors se montraient prévenants. Mais quand il manifestait des réticences ou le moindre désir d'indépendance, les deux comparses savaient lui rappeler ses dettes.

Chapitre 19

Installés au *cimetière* – la tribune qui leur est réservée –, plusieurs anciens parlementaires devisent en attendant l'ouverture de la séance des questions au gouvernement. Ils évoquent probablement avec nostalgie le temps où, représentants du peuple, ils occupaient un siège là, en bas, dans l'hémicycle. Pour certains, c'était il y a bien longtemps.

Depuis un petit moment, le public qui s'entasse dans les tribunes regarde non sans surprise les députés arriver en bavardant, sans marquer aucun empressement pour gagner leur place, et les huissiers, tout de noir vêtus, tendre à chacun une feuille jaune.

Les collaborateurs des ministres, pour l'occasion parés du titre de commissaires du gouvernement, se serrent dans les *guignols*, les deux loges qui leur sont réservées, au-dessus des entrées latérales de l'hémicycle. Ils ne veulent pas manquer le spectacle. Ils seraient certes plus à l'aise devant un poste de télévision, la séance étant retransmise en direct ; mais c'est un privilège dont il ne convient pas de se priver et qui vous pose, vis-à-vis des autres collaborateurs, que de pouvoir assister sur place à cette séance, alors même qu'ils ne peuvent être d'aucune aide à leur ministre. Mais il en va ainsi depuis que le Parlement existe.

Le brouhaha se fait de plus en plus fort. Le Premier ministre pénètre dans l'hémicycle, s'installe à son banc ; à ses côtés s'assied le ministre chargé des Relations avec le Parlement. C'est son heure de gloire : il siège auprès du chef de gouvernement alors qu'il n'occupe pas une place bien élevée dans la hiérarchie gouvernementale. Certains ministres lisent et relisent, parfois non sans angoisse, les réponses préparées par leurs collaborateurs aux questions qui vont leur être posées. Celles des députés de l'opposition, ils les ont obtenues par recoupement d'informations, connaissance de l'actualité, mais aussi par bavardages ou indiscrétions. Celles des députés de la majorité leur ont été communiquées en fin de matinée, quand elles ne leur ont pas été suggérées par les ministres eux-mêmes, pour les mettre en valeur, voire même été imposées par l'Élysée ou Matignon pour vanter l'action présidentielle ou la politique du gouvernement.

Conjoncture économique et tensions sociales : la séance s'annonce agitée. D'autant plus – on l'a appris à l'issue d'une réunion du groupe majoritaire qui s'est tenue salle Colbert en fin de matinée – que les élus de la majorité en ont assez d'assumer la responsabilité d'une politique qui tarde à montrer son efficacité et qui est de plus en plus incomprise de leurs électeurs. Ceux de l'opposition, qui eux aussi se sont réunis avant le déjeuner, sont exaspérés par le choc des ambitions personnelles qui se manifeste à la veille de leur Convention nationale, censée se tenir le mois suivant. Bref, la séance promet d'être houleuse, d'autant plus que plusieurs articles de presse annoncent comme une rengaine, depuis une semaine, que les relations entre le président de la République et son Premier ministre ne sont plus au beau fixe. Les rumeurs persistantes de remaniement ministériel réveillent l'appétit de bon nombre de parlementaires, ravivent d'anciennes inimitiés, scellent de surprenants rapprochements.

Roulements de tambour ; l'huissier hurle : « Monsieur le Président ! » Le Premier ministre et les membres du gouvernement se lèvent, les députés également, certains ne font que se soulever vaguement de leurs sièges pour s'y laisser aussitôt retomber. Le président de l'Assemblée nationale gravit lentement les marches jusqu'au *perchoir*. Avant de s'installer dans l'imposant fauteuil de Lucien Bonaparte à l'époque où il présidait le Conseil des Cinq-Cents, il salue d'un geste bref ses collègues et les membres du gouvernement. Il est immédiatement rejoint par le secrétaire général de l'Assemblée qui se juche un instant à ses côtés sur un petit siège qu'en jargon parlementaire on nomme la *miséricorde*. Visiblement, le président est surpris par ce qu'il lui dit à l'oreille.

À quinze heures précises, le président annonce : « La séance est ouverte », mais, au lieu d'inviter le premier orateur à poser sa question, il se lève. Certains députés – pas tous – interrompent leurs conversations.

110

« Chers collègues, nous avons appris avec tristesse, il y a quelques instants, le décès de notre collègue Claude Riffaton. En attendant le jour où notre assemblée lui rendra hommage, je vous demande de respecter un moment de recueillement à sa mémoire. »

Les députés se lèvent, les ministres aussi. La traditionnelle minute de silence ne dure pas même vingt secondes et se conclut par un « Je vous remercie » du président qui se laisse choir dans son fauteuil et annonce la suite de l'ordre du jour.

Il donne la parole au premier orateur.

Dans l'hémicycle, en dépit de la triste nouvelle du trépas d'un de leurs collègues, la séance est de plus en plus agitée. Les invectives fusent de part et d'autre. Les rappels à l'ordre du président ne sont pas entendus. La séance tient toutes ses promesses.

À seize heures, lorsque le président descend du perchoir, le public est ravi : il a assisté au spectacle qu'il espérait voir. Les journalistes s'empressent de rejoindre la salle des Quatre Colonnes pour obtenir des réactions qu'ils souhaitent polémiques. Ce sont toujours les mêmes députés qui vont leur permettre de dramatiser le débat et donc de rédiger des articles où ils pourront mêler habilement oppositions politiques et agressions personnelles. Pas plus les journalistes que les députés ne se soucient alors du décès annoncé de Claude Riffaton. Pendant ce temps, les anciens parlementaires se donnent rendez-vous pour une prochaine séance.

Le président ne s'attarde pas dans les couloirs. Il regagne son bureau au premier étage de l'hôtel de

Lassay. Le secrétaire général, à ses côtés, lui fait rapport de ce qu'il sait des circonstances de la mort du député.

« Que s'est-il passé ? interroge le président.

— Quand son assistant est entré dans son bureau, il le croyait déjà parti pour l'hémicycle ; il a constaté qu'il était inanimé, effondré dans son fauteuil. Il a appelé le médecin de l'Assemblée et le SAMU, qui n'ont pu que constater le décès.

— Je ne vois pas très bien qui était Riffaton…

— Député de Paris, trésorier de la campagne présidentielle, du moins en titre, lui précise le haut fonctionnaire.

— Ah oui !

— Il n'aura pas marqué de son empreinte les travaux de l'Assemblée, ajoute le secrétaire général pour qui un élu vaut par son travail en commission et par sa présence dans l'hémicycle.

— Avait-il de la famille ?

— Son épouse, prévenue par le médecin, doit arriver d'ici un moment.

— Où se trouve le corps ?

— Madame Riffaton voulait qu'il soit transporté aussitôt à leur domicile, mais notre médecin s'y est opposé et a d'ailleurs refusé de signer le permis d'inhumer.

— Pourquoi ?

— Il a estimé qu'il fallait une autopsie.

— Riffaton n'a quand même pas été assassiné ?

— Il ne le pense pas, mais prétend qu'il faut établir les causes de la mort.

— Le corps est donc toujours au Palais ?

– Oui, mais nous l'avons transféré au service médical. Et nous attendons vos instructions, Monsieur le président. »

Réflexe parlementaire : le président demande qu'on lui sorte les précédents. Automatisme préventif des services de l'Assemblée : le secrétaire général lui indique qu'une note en ce sens se trouve déjà sur son bureau. Il apprend ainsi que de 1789 à nos jours 1 351 députés sont morts en cours de mandat, dont 551 alors qu'ils se trouvaient à Paris. Mais ils sont très peu nombreux à avoir fini leurs jours dans l'enceinte du palais Bourbon. Michel Crépeau, député-maire de La Rochelle, pris de malaise le 23 mars 1999 pendant la séance des questions au gouvernement, est décédé une semaine plus tard à l'hôpital. Parmi la liste des parlementaires décédés, il relève avec effroi l'assassinat du conventionnel Jean Féraud par des manifestants, en 1795, qui fichèrent sa tête au bout d'une pique et la présentèrent au Président. Mais cela se passait aux Tuileries. Le palais Bourbon, siège d'une des assemblées parlementaires depuis 1798, ne semble pas avoir été le théâtre de morts violentes.

« Heureusement, monsieur le secrétaire général, il n'y a pas eu de crime au palais Bourbon, mais des morts naturelles, comme celle d'aujourd'hui…

– Absolument, Monsieur le président. » Et, toujours désireux de briller et d'étaler son savoir, le secrétaire ajoute : « S'agissant des morts naturelles, on peut citer celle de Claude Clausel de Coussergues, député de l'Aveyron, en 1896, décédé d'une crise d'apoplexie ; celle d'Édouard Aynard, député de Lyon, en 1913, pris d'un malaise dans l'hémicycle et qui s'éteignit peu après. La séance fut alors levée en signe de deuil.

– Vous pensez que j'aurais dû suspendre la séance ?

– Non, vous avez fort bien fait. Riffaton n'est pas mort dans l'hémicycle », confirme le secrétaire général.

Il s'agit pour lui de ne pas contrarier le président. Il arrive au terme de sa fonction. Sa durée peut être prorogée, mais c'est le président qui en décidera, dans six mois. Pas question de se le mettre à dos.

« De toute façon, il est trop tard », reprend avec pertinence le président.

Tout à son historique des députés morts dans l'enceinte du palais Bourbon, le secrétaire général reprend :

« Il y eut aussi Noël Barrot, député de la Haute-Loire, en 1966, et, je vous l'ai dit, Michel Crépeau en 1999…

– J'espère au moins qu'il n'y a pas eu de président !

– Si, deux présidents de la Chambre sont morts en fonctions à Paris : Auguste Burdeau en 1894, Henri Brisson en 1912. Dans les deux cas, la levée du corps a eu lieu à l'hôtel de Lassay. Pour Léon Gambetta, en 1882, une cérémonie fut organisée ici, mais il est décédé à Ville-d'Avray.

– Bon, pour l'instant, je vais bien. Aussi intéressant soit votre exposé, il ne règle en rien les problèmes. Il faut que le médecin délivre au plus vite un permis d'inhumer, qu'il ne nous complique pas trop la vie. Qu'il signe sans se poser de questions, on verra bien après. Puis, comme sa veuve le souhaite, vous faites transférer la dépouille au domicile familial. Vous passerez me prendre dans un quart d'heure : nous irons nous incliner devant le corps.

– Monsieur le président, permettez-moi de vous rappeler que le médecin de l'Assemblée refuse de délivrer le permis d'inhumer.

– Franchement, je ne sais comment vous vous débrouillez pour les recruter. C'était plus facile jadis, quand le médecin était un faux médecin : on pouvait alors faire comme on voulait…

– L'Assemblée nationale est une maison sérieuse. Vous faites sans doute allusion à celui qui dirigea le cabinet médical au début de la IVe République. Il a été poursuivi en 1951 pour exercice illégal de la médecine. Depuis, nous faisons très attention et nous nous renseignons avant d'engager qui que ce soit.

– Donc notre médecin est compétent, bonne nouvelle ! Eh bien, faites transférer le corps à l'Institut médicolégal, aux fins de rechercher les causes de la mort. Elle est certainement naturelle. Ce serait quand même inquiétant, si c'était un crime ! Y a-t-il déjà eu des meurtres au palais Bourbon ?

– Pas à ma connaissance… On a cru, il y a quelques années, quand on a trouvé des ossements…

– Des ossements ici ?

– En 2003, à l'occasion de travaux effectués sous le pavillon H du Palais, on a découvert dans le sol de terre battue un morceau d'os. Impossible de savoir s'il provenait d'un être humain ou d'un animal. Le président de l'époque a donc requis l'Identité judiciaire qui a établi qu'il s'agissait du fémur d'un cheval ou d'un âne mort au moins quarante-cinq ans auparavant.

– Bien ! Donc, pas de meurtre au palais Bourbon jusqu'à présent. Il ne nous reste plus qu'à attendre la suite. »

Chapitre 20

C'est le patron qui m'annonce le décès soudain du député. Assidu de la retransmission télévisée des séances de l'Assemblée nationale des mardi et mercredi consacrées aux questions au gouvernement, il l'a appris en direct et m'en a fait part aussitôt.

« Vous croyez que ça pourrait avoir un quelconque rapport avec le cambriolage ?

– Je ne le crois pas, me répond-il. Il semble qu'il s'agisse d'une mort tout ce qu'il y a de plus naturel. Du moins c'est ce que la journaliste de la chaîne parlementaire a laissé entendre. Vous m'avez d'ailleurs dit que le député ne connaissait pas son voisin. »

De peur que l'on ne m'enlève l'enquête sur cette affaire, je m'abstiens de le contredire et ne l'informe pas de ce que m'a dit à ce sujet le nouveau gardien.

« De toute façon, poursuit-il, attendons les résultats de l'autopsie. Mais peut-être devriez-vous adresser une carte de condoléances à la veuve. Pour ce qui me concerne, je viens de lui faire déposer un mot. Donnons une image compatissante de la police. »

Je ne lui précise pas non plus que j'ai photographié le député sortant de chez lui en compagnie d'un jeune

117

homme. De retour dans mon bureau, je visionne les clichés sur mon appareil. Je trouve finalement le jeune homme en question un brin efféminé. Et si tout cela n'était en définitive qu'une sordide affaire de mœurs ? Récemment, j'ai lu un article consacré à un ouvrage sur l'affaire des ballets roses. J'ai cru comprendre que le scandale avait abouti, il y a bien longtemps, à la mise en cause du président de la Chambre des députés ! Dans le cas présent, je n'y crois pas trop, mais un bon flic ne saurait exclure aucune hypothèse...

Chapitre 21

Ils arrivent les uns après les autres au bar de l'Intercontinental, rue de Castiglione, à deux pas de la place Vendôme. À la suite des assassinats du Grand Maurice et de Paul Triali, et à l'annonce du décès du député Riffaton – dont ils sont persuadés qu'il n'est pas naturel, contrairement à ce qu'avance la version officielle –, ils ont souhaité se rencontrer. Leur inquiétude est telle que, malgré leurs rivalités, le peu de sympathie qu'ils éprouvent les uns pour les autres, ils entendent discuter ensemble de l'avenir. À vrai dire, ils se sentent menacés.

Râblé, le crâne dégarni, vêtu d'un costume trois-pièces qui le fait ressembler à un employé des pompes funèbres, Salvatore Civette est arrivé le premier. Descendu d'un taxi, il s'est assis au fond du bar, dans la pénombre. Le « prince de l'Entourloupe » – c'est le surnom dont certains l'affublent, et il lui convient parfaitement – est aux aguets. Ses yeux toujours en mouvement, comme le faisceau d'un radar, balaient les lieux pour y déceler tout ce qui pourrait paraître suspect. Officiellement, il est expert en art ancien.

En réalité, sa spécialité est l'écoulement, principalement à l'étranger, des œuvres volées. Il n'est pas receleur, mais un simple passeur. Il met en contact receleur et acheteur, et perçoit au passage, des différentes parties, de substantielles commissions. Sa prudence légendaire, un sens aiguisé des affaires, mais aussi de nombreuses relations, habilement choisies, dont certaines ont accepté de sa part des cadeaux dont ils ne pouvaient pas ne pas suspecter la provenance, lui ont jusqu'à présent évité de tomber dans les filets de la police, et lui ont permis de vivre de façon discrète mais agréable à l'abri de tous soucis financiers.

Homme à femmes, reconnu dans le Tout-Paris pour la beauté de ses conquêtes, il a toujours su sagement éviter qu'une femme ait de l'influence sur lui, et c'est pour cela qu'elles ne s'éternisent pas longtemps dans le lit de sa garçonnière. Salvatore Civette est un homme ambitieux, brutal et dangereux. La pitié ou le remords sont des sentiments qui lui sont étrangers. Ceux qui contrecarrent ses projets sont pour lui des adversaires qu'il convient d'éliminer, même physiquement. Il est respecté parce qu'il ne pardonne jamais. Il ambitionne de construire un empire plus important que celui sur lequel il règne déjà. Il a investi d'importantes sommes pour racheter, par l'intermédiaire de sociétés et de prête-noms, des salles de jeux. Il a commencé par l'Italie, s'est associé avec quelques personnages douteux, affairistes liés à des élus de la région de Palerme. Toujours par l'entremise de sociétés-écrans dont les sièges sociaux sont installés à Guernesey et à Jersey, il s'est aussi immiscé dans la grande distribution dans les pays d'Europe de l'Est et même à Istanbul. À Paris, bien évidemment sans jamais apparaître, il négocie une prise de participation dans un grand palace. Il aime à être entouré par des hommes à lui. Il se considère comme un véritable chef d'entreprise : rien ne doit lui résister.

Paul Triali était son ami avant même d'être son complice dans certaines affaires. Il était pratiquement le seul à qui Salvatore Civette se risquait à de brèves confidences. Il s'est donc promis d'honorer sa mémoire en éliminant son meurtrier.

Peu après, se faufile à l'intérieur du bar Arnault de Meyer, jeune personnalité exubérante, souvent chaleureuse, mais foncièrement malhonnête. Il est en relation avec les plus habiles spéculateurs et arnaqueurs financiers. Grâce à son entregent, il sait comment soutirer de l'argent aux crédules et s'assurer sur leur dos de consistants revenus. Fréquentant le milieu politique, habile entremetteur, il évolue toujours dans le sillage des puissants. Sa patrie, c'est l'argent, d'où qu'il vienne. Sa méthode, c'est la corruption. Il fréquente volontiers le personnel politique africain, surtout pour ce que cela peut lui rapporter en termes de dividendes. Pour le compte de grosses sociétés, de groupes de pression, il sait organiser là-bas des chasses et des périples de personnalités des milieux politique et industriel. Il est même arrivé à se faire intégrer parmi la suite du président de la République lorsque celui-ci s'est rendu en voyage officiel au Sénégal, puis au Bénin. Depuis lors, il laisse entendre qu'il a ses entrées à l'Élysée, voire qu'il est même le *monsieur Afrique* du Président. Curieusement, il bénéficie d'une carte qui lui permet de fréquenter, si nécessaire, les couloirs du palais Bourbon ; celle-ci lui avait été retirée par un président de l'Assemblée mais lui a été aussitôt restituée, une fois celui-ci parti.

Nicolas Destournot est le dernier à arriver à l'Intercontinental. Conseiller pour le Commerce extérieur, ancien et éphémère député de Paris, il a abandonné l'action politicienne pour l'influence politique, les indemnités parlementaires pour les jetons de présence des divers conseils d'administration auxquels il appartient. Cultivé, distingué, séduisant, ce dignitaire de la maçonnerie est un redoutable affairiste, convaincu que l'argent ouvre toutes les portes et que l'appât du gain vient toujours à bout des meilleures résistances. Comme le goût du pouvoir pour les politiques, le profit financier est le moteur de sa vie. Il a de gros besoins d'argent, car il affectionne les séjours dans les palaces, les restaurants des grands chefs, les vestes en cachemire, les tailleurs renommés, notamment celui de Dior, les chemises en soie sur mesure de Charvet, rue de la Paix. L'été, il navigue autour de la Corse et en Sardaigne à bord d'un splendide voilier qu'il loue chaque année. Il a aussi la passion des poteries chinoises, des tableaux impressionnistes. Il aime trop les femmes, particulièrement asiatiques, pour se priver des autres en se contentant d'une seule, confesse-t-il. Il est donc « dans les affaires », comme on dit pudiquement quand on ne sait pas lesquelles. Il joue les entremetteurs pour le compte de sociétés françaises ou étrangères, aussi bien en France que partout en Europe, au Maghreb ou en Afrique. Depuis plusieurs années, il concentre ses efforts sur les pays de l'Est, fréquente le Kremlin, a ses entrées dans maints palais gouvernementaux à Prague, Budapest, Varsovie ou Bucarest. Il séjourne aussi régulièrement en Israël, mais rencontre également et sans état d'âme nombre de dignitaires arabes. Sa méthode est simple : obtenir des marchés grâce à la corruption et aux commissions occultes versées sur des comptes en Suisse, au Luxembourg ou dans de plus lointains paradis fiscaux. C'est un expert en montages financiers compliqués à déceler. Il lui arrive aussi de spéculer en bourse pour le compte de clients. Mais, crise oblige, il reste pour l'heure dans l'expectative.

Ces trois personnalités se montrent préoccupées par ce qui vient de se passer. À un moment ou à un autre, elles ont été en affaires avec le député Riffaton. Par l'entremise de Maurice Jietrio et de Paul Triali, ils lui ont demandé des services. Grâce à lui, elles ont obtenu des rendez-vous utiles, des avantages, des marques de complaisance ou de compréhension, voire des renseignements plus ou moins confidentiels qui leur ont valu des profits inespérés. Naturellement, ils n'ont pas été ingrats vis-à-vis de Riffaton et lui ont parfois cédé, à des prix défiant toute concurrence, des œuvres de valeur. Ils ont aussi, à la demande de Jietrio et Triali, pour faire plaisir au député et en contrepartie de ses services, été généreux en aidant financièrement, toujours discrètement, ses équipes de militants, en assurant un substantiel complément de rémunération à des collaborateurs occasionnels, ou en fournissant des aides matérielles, selon le vœu du député, à diverses associations locales. Ils ont aussi permis, au cours de son mandat, pendant cinq ans, la fabrication à quarante mille exemplaires du *Journal du député*. À Noël, toujours pour Riffaton, ils ont fait en sorte que les « vieux de Riffaton » reçoivent de sa part un sympathique colis. Ces financements ont été conçus de telle façon que la commission de vérification des comptes de campagne ne s'aperçoive de rien.

Cependant, ils s'interrogent à présent avec inquiétude sur les raisons de l'assassinat de Riffaton. Ils arrivent d'autant moins à imaginer une mort naturelle que ce décès est survenu en même temps que l'exécution du Grand Maurice, qu'ils ne connaissaient que sous le nom de Maurice Jietrio. Or c'est par lui qu'ils ont fait la connaissance de Riffaton.

L'assassinat de Marcel Triali, dont ils appréciaient la collaboration discrète et efficace, n'a fait qu'amplifier leur angoisse. Ils se doutaient bien que ce n'était pas un enfant de chœur, mais ils n'imaginaient pas, comme l'affirment le journaliste du *Parisien* et les présentateurs des journaux télévisés, qu'il s'agissait en fait d'un caïd du milieu.

Leur rencontre est manifestement empreinte de gravité ; ils discutent à voix basse, pour ne pas être entendus par les clients du bar ni par le serveur. Ils demeurent ensemble une petite demi-heure. Puis Destournot règle les consommations, se lève, salue d'un geste et s'en va. Il est suivi de peu par Salvatore Civette. Arnault de Meyer ne quitte l'hôtel Intercontinental que plus tard, par la rue de Castiglione et après avoir fait lentement le tour du patio intérieur.

Chapitre 22

J'ai rendez-vous avec l'ancien assistant parlementaire de Riffaton. Je ne le connais pas, je ne sais même
pas à quoi il ressemble. C'est lui qui m'a contacté, me
disant qu'il le faisait sur les conseils de son défunt
patron. Il m'a précisé vouloir me parler du faux cambriolage qui avait eu lieu chez le voisin de palier de
Riffaton. Il m'a fixé comme lieu de rencontre le
Nemours, place Colette, au Palais-Royal, dans le
Ier arrondissement. Il m'attendrait en lisant le *Journal
du Parlement* : « Compte tenu du nombre de lecteurs
de ce canard, il est peu probable que vous ne me repé-
riez pas facilement. »

J'ai hésité un bref instant à accepter cette entrevue,
ayant déjà été échaudé par celle, avortée, avec Tintin.
Le garçon a insisté, promettant que les indications qu'il
me fournirait, « d'une haute importance », m'« expli-
queraient le cambriolage ».

En ce début d'après-midi, vers les quinze heures,
j'arrive place Colette. Le Nemours est facile à trouver : c'est le seul café à donner sur cette place.

Je n'ai pas le temps de chercher des yeux le *Journal
du Parlement* : un jeune homme me fait signe. Je le

reconnais au premier regard. Je l'ai photographié avec Riffaton, quand j'ai « planqué » à plusieurs reprises devant l'immeuble de la chaussée de la Muette ; j'ai même imaginé alors qu'il pouvait être le petit ami du député. Ce n'était donc que son collaborateur. Déformation professionnelle : je vois le mal partout, mais de là à me figurer que le député, d'un âge certain, fréquentait de près un mignon au visage poupin, ne devant pas avoir dépassé de beaucoup sa vingt-cinquième année, il y avait un pas que je n'aurais jamais dû franchir, même en imagination.

À mon approche, il se lève, fait quelques pas dans ma direction, me tend la main et me lance :

« Ludovic Brunot. Ce que j'ai à vous dire est très important. Asseyez-vous. Vous voulez un café…? »

Sans même attendre ma réponse, il fait signe au serveur, commande deux cafés serrés. Nerveux, il croise et décroise les jambes, n'arrive pas à fixer son regard, se tourne vers moi, puis à droite, à gauche, rajuste sa cravate. Sa jambe droite n'arrête pas de trémuler. Étrange, la première impression qu'il me fait. Pas antipathique, même si son assurance m'irrite quelque peu. Il aurait pu commencer par me remercier d'être venu ; il n'a pas l'urbanité de son ancien patron. Mais son besoin de s'épancher est manifeste.

« Monsieur le commissaire…

– Non, capitaine. »

Il ne m'écoute pas, paraît ne pas avoir entendu mon rectificatif. Il est ailleurs, concentré sur ce qu'il a à me dire. Je n'insiste donc pas, bois une gorgée de café, me cale dans mon fauteuil et le laisse parler.

« Claude Riffaton se sentait menacé, convaincu qu'on voulait lui nuire, et même attenter à sa vie. Il m'avait récemment confié ses craintes. Le cambriolage de son voisin a joué comme un révélateur...

– Il m'avait pourtant donné une tout autre impression, et laissé entendre qu'il y accordait bien moins d'importance que sa femme...

– Après coup, il a réfléchi. Vous savez, il s'est toujours méfié du concierge. Savez-vous que celui-ci s'est suicidé ? Surprenant, non ?

– Tintin a mis fin à ses jours ?

– J'ignorais qu'il s'appelait Tintin !

– Vous parlez bien du gardien ?

– Affirmatif. Du concierge, si vous préférez, de l'immeuble où logeait Claude Riffaton. D'après ce que m'a dit le député, il s'est précipité sous le TGV Paris-Bordeaux, peu après le cambriolage. Il devait avoir vu ou savoir trop de choses qu'il n'aurait pas dû voir ou connaître. »

Pour mieux dissimuler ma surprise, j'achève de boire mon café. Je me sens abasourdi par cette information inattendue. Je comprends mieux pourquoi Tintin n'est jamais venu me rencontrer. Mais qui m'a téléphoné pour me fixer le rendez-vous de la gare Montparnasse ? Qui était le motard casqué qui m'a parlé devant le Bar de l'Ouest ? Qui a envoyé au patron les photos prises à cette occasion ?

« Donc, pour vous, Riffaton aurait été assassiné en plein cœur de l'Assemblée nationale... ?

– Cela ne fait aucun doute. Je l'avais vu peu auparavant, il se portait comme un charme. Il m'a en revanche redit ses appréhensions, précisant que s'il lui arrivait quelque chose, je devrais vous prévenir, mais surtout ne pas alerter le préfet de police. De toute façon, il m'avait avisé qu'après la séance il me fournirait davantage de précisions sur les menaces et le chantage... c'est le terme exact qu'il a employé...

– Je n'ai pas lu intégralement le rapport d'autopsie, mais, d'après les journalistes, souvent bien et directement informés, il y est dit que Claude Riffaton est décédé des suites d'un arrêt cardiaque.

– Ne soyez pas naïf, monsieur le commissaire !

– Capitaine...

– Vous savez fort bien qu'il n'est rien de plus facile que de manipuler tout le monde et de faire croire aux mensonges les plus éhontés. D'ailleurs, cette fuite orchestrée par l'Élysée pour accréditer l'idée d'un décès naturel et écarter la thèse du complot, est symptomatique...

– Vous m'avez l'air de voir partout des complots et des crimes d'État. Non, tout cela est terminé, nous ne sommes plus sous l'Ancien Régime, au temps des lettres de cachet...

– Et l'affaire Ben Barka, celle du *Rainbow Warrior*, celle des Irlandais de Vincennes, l'affaire Clearstream...

– C'est déjà de l'histoire ancienne. Tout est devenu aujourd'hui plus transparent. Le pouvoir est sous contrôle. Les services secrets, dénommés désormais spécialisés, ne peuvent empêcher la diffusion d'informations confidentielles. Même le secret défense se fissure et résiste de moins en moins à la curiosité des parlementaires, stimulée par celle des journalistes... Et puis, qui aurait eu intérêt à assassiner le pauvre Riffaton ? et pour quel motif ?

– Je ne sais pas, c'est à vous de le trouver.

– Je n'en ai pas les moyens. Saisissez le préfet de police.

– Riffaton n'avait nulle confiance en lui ; c'était un proche de sa femme...

– Allez donc en parler au procureur de la République.

– Tous sont aux ordres du pouvoir.

– Ce n'est pas vrai : pas tous !

– Je n'aurais aucune difficulté à vous prouver le contraire.

– Alertez donc la presse.

– Vous savez fort bien qu'aujourd'hui l'Élysée exerce une forte emprise sur les patrons de presse, et les journalistes, par ces temps de crise, de concurrence sauvage, de peur du chômage dans un secteur particulièrement sinistré, n'ont plus les moyens de leur liberté...

– Utilisez Internet : c'est idéal pour vaincre l'inertie des autres médias !

– Trop compliqué, quand on est tout seul.

– Que la veuve prenne un avocat et dépose plainte devant le doyen des juges d'instruction !

– C'est un autre problème : elle, c'est une mondaine, une snob, sans compter que son comportement est pour le moins bizarre...

– Elle vient de perdre son mari !

– Non, avant sa mort, son attitude à son égard n'était pas normale. Mais peu importe : seul un flic comme vous, intelligent et intuitif, est capable de démêler les fils de cette affaire d'État.

– Vous utilisez la brosse à reluire pour mieux vous servir de moi !

– Pas du tout. J'avais un grand respect pour la probité et le sens de l'État de mon patron. Son dévouement au bien public était admirable. Je ne souhaite là qu'honorer sa mémoire. Voilà, vous savez tout. À vous d'agir et de débusquer la vérité !

– Tout cela me paraît aussi irréel que ridicule. Je crains que vous ne vous montiez le bourrichon. Vous devriez refréner vos fantasmes…

– Ne me dites pas que ce prétendu cambriolage sur lequel vous enquêtez ne vous intrigue pas. C'est grâce à votre ténacité que le dossier n'est pas encore définitivement enterré… Regardez donc la réalité en face : un pseudo-cambriolage, un député qui meurt à l'Assemblée nationale, un gardien d'immeuble qui se suicide, et vous osez dire : circulez, il n'y a rien d'anormal ? C'est vous qui êtes hors du temps. Pardon pour ces propos assez vifs, mais je suis révolté par l'attitude de l'Élysée. La seule façon d'accrocher la vérité, c'est vous. Je vous ai tout dit. Pour servir la mémoire de Claude Riffaton, pour qui j'éprouvais estime et affection, je n'ai qu'un espoir : vous. Voici ma carte et le numéro de mon portable. Je reste à votre disposition. Au revoir, commissaire…

– Non, capitaine ! »

Sans que j'aie la possibilité d'ajouter quoi que ce soit, il se lève et s'en va en oubliant de régler nos deux cafés. Je le vois enfourcher une moto garée non loin. Il passe devant moi et m'adresse un petit signe de la main.

Chapitre 23

Le nombre de suicides sur le réseau SNCF augmentant régulièrement et de façon substantielle, j'ai pensé éprouver beaucoup de difficultés à retrouver trace de celui de Tintin, de son vrai nom Pascal Casetti.

Plutôt que d'interroger la SNCF, je consulte les bulletins de la Direction générale de la police nationale que nous recevons au commissariat plusieurs fois par jour. Mine d'informations brutes, sans aucun commentaire superflu, succincts, ils répertorient les faits divers qui se sont déroulés à Paris et sa région et dans le reste de l'hexagone.

Entre l'annonce du décès d'un homme âgé dans un incendie d'origine indéterminée à La Rochelle, celle de déprédations commises dans le bureau de la sous-préfète de Compiègne par les salariés de l'usine Continental de Clairoix, celle de la découverte de deux cadavres à Saint-Herblain, près de Nantes, et l'interpellation d'un individu suspecté de vol à main armée à Boissy-Saint-Léger, en région parisienne, je tombe enfin sur l'information que je cherche ; elle est rédigée comme suit : *Un homme se suicide en se jetant sous*

les roues du TGV Paris-Bordeaux, peu avant Tours.
Son identité n'a pu encore être établie.

Mes collègues de Tours me renvoient sur les gendarmes, le suicide s'étant déroulé en zone rurale. Je finis par obtenir le commandant de brigade compétent. Après lui avoir décliné mon identité, je lui précise que je m'intéresse, dans le cadre d'une affaire de cambriolage, à l'individu qui s'est donné la mort et sur le suicide duquel il a procédé aux premières constatations.

« Vous dites *suicidé* ? Vous en avez de bonnes, dans la police nationale ! » me rabroue-t-il d'une voix que je perçois comme nettement méprisante.

Encore un qui n'apprécie sans doute pas le rapprochement entre Police et Gendarmerie !

« C'est du moins ce qu'on m'a dit...

– Expliquez-moi comment on peut se jeter sous les roues d'un train avec deux balles dans la tête ! C'est peut-être possible à Paris, pas par ici ! »

Je ne relève pas le trait mordant visant la police parisienne, cela ne servirait à rien : j'y suis habitué, de la part des pandores. En revanche, l'annonce de l'exécution de Tintin me laisse un court instant sans réaction, comme le boxeur après un direct du droit qu'il n'a pas vu arriver.

« Ce n'est donc plus un suicide, mais un meurtre...

– Cela en a tout l'air, du moins pour nous. Pour la police, je ne sais pas », poursuit, avec la délicatesse qui caractérise les gendarmes, le commandant de brigade.

Mon interlocuteur, décidément en verve, profite de la situation pour dénigrer la police.

« Des suspects ont-ils été identifiés et interpellés ? Sait-on s'il a eu le temps de se confier à quelqu'un, de laisser entendre qu'il se sentait menacé, d'expliquer pourquoi il avait lâché son travail ?

– Vous en avez de bonnes, vous ! Avec deux bastos dans le citron, il est plutôt difficile de tenir une conférence de presse ! Quand j'ai retrouvé le corps, il n'était pas en pleine forme, et plus en mesure de faire des confidences ! Pour le surplus, cher collègue, adressez-vous à la juge d'instruction près le tribunal de Tours. C'est elle qui est désormais en charge d'élucider ce meurtre, et non pas d'éclaircir les raisons d'un suicide. »

Sans rien ajouter, il raccroche.

Je ne peux m'empêcher de le traiter à haute et intelligible voix de connard.

« À qui est destiné cet aimable et distingué compliment ? s'enquiert Catherine qui s'est introduite dans mon bureau sans que je m'en sois rendu compte.

– À un abruti de pandore qui ne peut pas voir les flics en peinture.

– C'est donc en effet un connard… Tu fais quoi, à déjeuner ?

– Ce que tu veux, souhaites ou espères… Vais-je pouvoir enfin réaliser mes vœux les plus tendres et avoir droit à un câlin ?

– Non, pas aujourd'hui !

– Pas aujourd'hui ! La porte n'est plus hermétiquement fermée : je progresse ! Mon charme naturel agit, mais permets-moi d'entrer avant que j'atteigne le troisième âge et ne sois plus capable de me faufiler à l'intérieur.

– Monsieur verse dans la métaphore, la littérature a trouvé refuge dans son bureau… Au siège des Policiers poètes, il n'y a qu'un membre, mais il vaut le détour !

– Les connards m'inspirent ! Donne-moi enfin accès à ton verger et faisons ensemble les vendanges de l'amour…

– Cesse de divaguer et de te shooter au gendarme ! À toute… », dit-elle en m'envoyant un petit baiser sur le bout des doigts tandis que je la regarde s'éloigner avec un tendre appétit.

Chapitre 24

À l'issue du déjeuner, je fais part à Catherine de ma perplexité à la suite de ma rencontre avec le collaborateur de Riffaton.

J'ai une entière confiance en cette fille et petite-fille de commissaires. Son père a terminé sa carrière chef de service aux Renseignements généraux et a été décoré de la Légion d'honneur dans la cour de la place Beauvau par le ministre en personne. Bon sang ne saurait mentir, Catherine possède l'instinct des grands policiers. Elle connaît aussi l'esprit de cette maison bien particulière qu'est la police parisienne. Je lui fais aussi part de mes doutes sur le prétendu cambriolage commis chez Bombomy, sur ma rencontre manquée de la gare Montparnasse, sur l'exécution maquillée en suicide de Tintin.

« Que ferais-tu, à ma place ?

– Ne te prends pas le chou : tu joues ta réput'…

– Je me fous bien de ma réputation !

– Ne dis pas de telles inepties ! Tu ne penses qu'à elle ! Tu veux te prouver que tu es un superflic, plus fort que les grands. Tu cherches à prendre ta revanche. Je vais te raconter une histoire que m'a rapportée un ami sénégalais. Je me promenais avec lui, j'avais le béguin pour lui, nous visitions Rouen, ma ville natale, où vit ma famille. À un moment donné, je l'ai embrassé et enlacé…

– Il a du pot, lui ! Il va falloir que je prenne le soleil… »

Sans prêter cas à ma réflexion, elle enchaîne :

« Il m'a repoussée en me recommandant de faire attention à ma réputation. "Flirter avec un nègre, ça n'est pas bon pour ta réputation", m'a-t-il dit. Je lui ai répondu, comme toi, que je m'en foutais, que tout ça était dépassé. Il m'a alors récité ce vieux dicton sénégalais : *Si tu cherches de l'eau, creuse, tu finiras par en trouver. Si tu cherches du feu, regarde au loin, tu verras de la fumée, cours dans sa direction et tu trouveras du feu. Si tu es à la recherche de ta réputation, sache que tu auras beau creuser, regarder au loin, courir, tu ne la retrouveras jamais : on ne retrouve pas une réputation perdue.* Tu veux faire une brillante carrière dans la police ? Alors, un conseil : déclenche, tant qu'il en est encore temps, les rétrofusées et va voir ailleurs s'il fait beau ! Ne te fatigue pas les méninges avec ce dossier.

– Avec des raisonnements comme celui-là, on se fabrique une petite vie pépère. Dès qu'il y a un problème, il suffit de regarder ailleurs. Le fameux "principe de précaution" dont on nous rebat les oreilles à longueur de journée, doit aussi intervenir dans nos enquêtes. Quel beau discours, pour les jeunes ! Faites gaffe, ne prenez aucun risque, engagez-vous dans la

police et attendez tranquillement la retraite, bien pei-
nards. Quelle époque !

– Mon pauvre, tu es pathétique et ta naïveté est à
pleurer. Tu ne vois donc pas que, depuis le début de
cette affaire, tu n'es qu'un jouet ? Fais gaffe : quand la
politique s'en mêle, les risques de manipulation ne sont
pas loin… Regarde autour de toi, lis les journaux, tu en
verras, des affaires politico-judiciaires, qui se dégon-
flent aussi vite qu'elles ont pris de l'ampleur. Prends au
moins des précautions…

– Comme en amour, il faut sortir couvert !

– Tu dois en parler au patron ; même si c'est un con,
un paresseux, s'il ne pense qu'à la retraite.

– Je ne peux pas me confier à lui. Il incarne tout
ce que je déteste chez nous : les flics complaisants,
plus courtisans que policiers. Sa réussite, si on peut
l'appeler ainsi, est d'avoir su planquer son incompé-
tence, sa veulerie, sa servilité derrière une action
syndicale. Tout le monde sait dans la maison que c'est
un médiocre, qu'on le tourne et retourne comme une
crêpe. Il rassure les politiques. Il est devenu commissaire principal parce qu'il ne fallait surtout pas
sanctionner un syndicaliste complaisant et manœu-
vrable. Ça m'écœure. Non, je ne peux pas lui parler
de ce dossier.

– N'empêche que c'est quand même le patron. Face
à un dossier complexe et qui concerne les politiques,
la règle est de toujours ouvrir un parapluie. Ce n'est
pas à toi de choisir ton patron, d'excommunier les
chefs, et surtout pas de nettoyer les écuries d'Augias !

– De qui ?

– Laisse tomber. Ne te laisse pas entraîner du côté du cimetière, tu es encore jeune, tu peux encore servir. Mais, de toute façon, je sais que tu ne suivras pas mes conseils. Ta caboche est trop dure. Allez, il faut retourner bosser. »

Sans me laisser le temps de répliquer, Catherine se lève, je règle l'addition – cela ne va pas chercher très loin, deux grosses salades et une bouteille d'eau minérale.

Avant de quitter le bistrot, Catherine s'approche de moi, m'embrasse en effleurant mes lèvres, puis me chuchote à l'oreille : « Fais pas le con, je t'aime bien. »

Chapitre 25

Comme j'en ai pris désormais l'habitude, j'entame ma journée en planquant une demi-heure devant l'immeuble de la chaussée de la Muette. Je sais parfaitement que ça ne sert à rien, mais c'est plus fort que moi. J'attends, je ne sais pas quoi au juste. J'ai l'impression, en agissant ainsi, de poursuivre l'enquête, peut-être pour ne pas m'avouer qu'en dépit de tous mes efforts, elle n'a encore débouché sur rien.

Au bout d'un quart d'heure, plutôt que d'attendre à bord de ma voiture, je m'installe à la Brasserie de la Muette de façon à pouvoir observer l'entrée de l'immeuble. À peine suis-je attablé qu'un serveur vient prendre ma commande : un café et deux tartines beurrées. J'ai une petite faim. Lorsqu'il revient, je l'interroge :

« Le patron est là ?

– Il vient de sortir.

– La grosse moto qui est garée devant est à vous ?

– C'est la sienne.

– C'est un modèle superbe ; il l'a depuis longtemps ?

– Cela fait au moins une paire d'années. Je travaille ici depuis un an, oui, ça fera un an dans un mois.

Quand je suis arrivé, il l'avait déjà. Vous faites aussi de la moto ?

– C'est ma passion.

– Vous devriez en parler au patron. Je crois qu'il veut la vendre avant de partir. Il a trouvé un repreneur pour sa brasserie…

– Il va où ?

– Je ne sais pas. Il a envie de changer d'air. À Paris, il y a trop de pollution pour sa santé, à ce qu'il nous a dit.

– Avez-vous vu récemment Tintin ?

– Oh, ça fait des lustres qu'il ne vient plus. Il a dû quitter le quartier, lui aussi. C'était un pote du patron. À vous aussi ?

– Si on veut.

– Mais pourquoi me posez-vous toutes ces questions ? Vous n'êtes pas de la police, au moins ? Le patron nous a avertis de ne jamais parler aux flics, surtout à l'un d'eux, beaucoup trop curieux, qui avait pris l'habitude de venir ici… Ce serait pas vous, par hasard ? »

Disant cela, il se doute bien que je suis ce flic trop fouineur au goût de son patron, il se tourne, donne machinalement un coup de torchon sur la table voisine, regarde à droite et à gauche pour vérifier si on l'a vu bavarder avec moi, regagne sa place derrière le zinc, en oublie de me présenter le ticket de caisse. Je laisse sur la table le prix de la consommation avec un large pourboire en signe de remerciement, puis je quitte la Brasserie de la Muette, assez satisfait des

142

bribes d'informations extorquées à ce malheureux serveur trop loquace.

À peine suis-je installé à mon bureau que Catherine vient me trouver. Manifestement, elle guettait mon arrivée.

« La nuit a été bonne ? me demande-t-elle.

– Sans toi, non.

– Cesse de divaguer ! J'ai repensé à toi et n'ai pas fermé l'œil…

– Enfin une bonne nouvelle ! »

J'en profite pour m'approcher d'elle. Elle me repousse gentiment de la paume de la main.

« Tu n'es qu'un obsédé ! Je voulais dire : j'ai réfléchi à ton affaire…

– Espoir déçu ! Tu ne devrais pas jouer ainsi avec mon cœur.

– Parlons sérieusement. Contrairement à ce que je t'ai recommandé de faire, ne mets pas le patron au parfum. Il est trop con et serait capable de tout faire capoter. Il serait prêt à tout pour obtenir le ruban rouge.

– Juste. Que proposes-tu, alors ?

– Continue tes investigations à ton rythme, sans précipitation. Mais ne déborde pas de ta saisine : enquête sur le cambriolage, non sur le décès du député. Je suis disposée à te filer un coup de main. Tu peux me demander ce que tu veux.

– Tu sais bien ce que j'attends de toi…

– Cesse de déconner. Suis mes conseils : bossons ensemble sur la pseudo-effraction, termine ton enquête rapidement, laisse au juge la responsabilité d'expliquer le reste et, éventuellement, d'établir un lien avec la mort du député. D'accord ? »

Sur ce, elle se rapproche de moi et m'embrasse sur les lèvres. Quand je fais mine d'en redemander, elle me repousse gentiment, sourit et quitte mon bureau, me laissant seul avec le souvenir de sa bouche et celui de son parfum.

Peu après, elle revient, s'assoit en face de moi, me fixe sans me voir, perdue dans ses réflexions.

« Tu devrais rappeler le collaborateur de Riffaton pour le pousser dans ses retranchements, lui faire vider son sac. Une habile visite à la veuve me semble aussi nécessaire, suggère-t-elle.

– Pourquoi pas…

– Tu as l'air dubitatif. J'ai l'impression que tu pédales dans la semoule. Qu'est-ce qui ne va pas ?

– Ce matin, avant de venir, comme tu n'étais pas à côté de moi dans mon lit, je me suis levé pas trop tard et suis allé faire un tour à la chaussée de la Muette…

– Et alors ?

– Alors, voilà : quand Tintin m'a fixé rendez-vous, à Montparnasse, il était déjà mort, exécuté. En comparant les dates, c'est évident.

– Donc, il s'agissait d'un traquenard destiné à te faire peur.

– Sans le secours d'une assistante, je suis parvenu à la même conclusion.

– Oui, mais sans assistante, t'es tombé tête la première dans le piège. Mais j'ai compris : je m'en vais, puisque tu ne veux pas de moi. »

144

Vexée, elle se lève et se tourne vers la porte qu'elle avait refermée en venant me retrouver. Je la saisis par un bras et l'embrasse avec gourmandise. Cette fois, elle ne me repousse pas, au contraire. À bout de souffle, nous nous détachons l'un de l'autre. Elle passe la main dans ses jolis cheveux blonds, et, avant de quitter la pièce, me demande :

« Veux-tu quand même que je te file un coup de main ? J'ai peur que tu te plantes et qu'ils te fassent payer cher ton courage et ta naïveté. Je veux être capable de te conseiller, mais, pour cela, il ne faut rien me cacher de l'enquête. Bien sûr, ce sera toi le boss. Réfléchis : j'ai du boulot plein ma besace. Salut ! »

Une heure plus tard, Catherine réapparaît dans mon bureau, referme la porte ; j'imagine qu'elle va me sauter au cou et me rouler le patin du siècle ! Déception. À voix basse, elle m'avertit qu'elle connaît un employé de l'Institut médico-légal qui pourra certainement nous communiquer les conclusions du rapport d'autopsie.

« Ça te branche ?

– Pas qu'un peu !

– Je vais te dénicher ça. À plus ! Mais silence radio… »

Elle repart aussi discrètement qu'elle est venue et sans la moindre cajolerie à mon endroit, comme si je n'existais plus et que l'enquête était désormais son affaire plus que la mienne.

Chapitre 26

Depuis que j'ai reconnu la moto du patron de la Brasserie de la Muette comme étant celle que chevauchait l'individu qui m'avait donné rendez-vous à Montparnasse et qui s'était fait passer pour Tintin alors que celui-ci avait déjà été trucidé, je commence à m'inquiéter pour de bon. Dans quelle galère me suis-je fourré ?

La proposition de ma collègue Catherine de m'accompagner dans cette enquête devrait me rassurer. Je ne sais pourquoi, elle me déstabilise un peu plus, comme si elle sapait la confiance que j'ai toujours eue en moi. Jamais je n'ai douté de mes capacités à accéder au rang de grand flic. Cette certitude de posséder toutes les qualités d'un enquêteur hyperperformant est de plus en plus perturbée par le voile du doute.

En fait, sans vraiment me l'avouer, j'éprouve une vive appréhension en songeant à la suite des événements. De retour chez moi après une journée minée par la routine débilitante d'un officier de police judiciaire, l'anxiété me laisse sans ressort.

En passant place du Trocadéro devant le monumental bas-relief de Paul Landowski érigé à la gloire de l'Armée française durant la Première Guerre mondiale, j'ai la pénible impression d'être suivi, de ne plus évoluer librement. À titre de précaution, je fais lentement le tour de la place, détaille la statue équestre du maréchal Foch, observe à droite, à gauche, admire, de la place des Droits de l'homme, la tour Eiffel. Je reviens sur mes pas, veille à demeurer là où il y a du monde. Je traverse rapidement l'avenue Georges-Mandel et, parvenu sur le trottoir opposé, me retourne. Je ne détecte rien d'anormal. Je n'en suis pas rassuré pour autant. Mon désarroi ne fait même que croître.

Vis-à-vis de l'idée que je me fais de moi, je ne peux renoncer, hisser le drapeau blanc, capituler. Et que pensera Catherine qui m'a proposé son aide ? On dira de moi que je suis timoré, velléitaire, dépourvu de cran. Je m'accorde une halte au Café du Trocadéro, commande un Perrier citron – je ne bois jamais d'alcool –, reprends ma respiration.

Je ne suis pas installé à la terrasse du café depuis cinq minutes que Catherine surgit de je ne sais où, passe devant moi, croise mon regard, revient sur ses pas et fonce vers moi.

« Je ne te dérange pas ? Tu m'offres un verre ?

– Avec joie : je suis seul. »

Elle s'attable en face de moi, commande une bière pression. Elle parle. Je l'écoute, mais ne l'entends pas. Je suis ailleurs, perdu dans mes interrogations personnelles. Je n'ai même pas la force de flirter. Elle s'en aperçoit :

« Tu n'as pas l'air dans ton assiette ? Qu'est-ce qui ne tourne pas rond ?

– Un petit coup de pompe, rien de grave.

« – Tu veux qu'on dîne ensemble ?

– Désolé, mais je suis pris. Il faut d'ailleurs que je rentre chez moi. »

En vérité, rien ni personne ne m'attend, mais j'éprouve le besoin d'être seul, sans avoir à faire la conversation. Je règle les consommations, embrasse Catherine sur les deux joues, hèle un taxi, regagne mon studio, dans le XIVe arrondissement, ne songe même pas à dîner, mais prends une douche tiède. Affalé sur mon lit, je regarde distraitement la télévision, zappe d'une chaîne à l'autre. Le temps passe mollement. Il est dans les vingt-deux heures quand je finis par m'assoupir au ronron d'un débat auquel je ne comprends rien.

Chapitre 27

De retour à mon bureau, après avoir procédé, dans le cadre d'une commission rogatoire, à l'audition d'une personne âgée victime d'un vol de portefeuille à la maison de retraite rue Jean-de-la-Fontaine, j'écoute machinalement mon répondeur et entends ce message : « Je suis la commissaire Florence Martin, à la Direction centrale de la police judiciaire. Je souhaite vous rencontrer. Merci de me rappeler : voici ma ligne directe… »

Ce message me laisse perplexe : je ne connais pas Florence Martin.

Pris par une complexe affaire d'escroquerie à l'assurance où nous devons, mes collègues et moi, auditionner en même temps plusieurs suspects, j'oublie le message de la commissaire Martin. C'est elle qui, vers dix-huit heures, me rappelle d'un ton un peu pincé : vexée, elle regrette que je n'aie pu trouver un petit moment dans la journée pour prendre contact avec elle.

« Capitaine, je suis au palais de justice demain matin, j'en aurai terminé vers midi et demi : puis-je vous inviter à déjeuner ? J'espère que cela ne vous choque pas d'être ainsi démarché par une femme ? Les temps changent, nous ne pouvons avoir à la fois "le beurre, l'argent du beurre et la crémière", comme disait ma grand-mère normande. Nous ne pouvons réclamer l'égalité entre les sexes, la mixité, la parité, et nous enfermer dans des conformismes d'une autre époque. Je pense que vous partagez mon opinion ?

– Absolument, commissaire. »

Si elle savait comme je m'en fiche, de son opinion sur l'égalité des sexes ! J'ai toujours craint qu'avec ces inepties et ces slogans populistes, les hommes finissent par se prendre pour des femmes, et *vice versa*. Tout est devenu possible : ils font bien bouffer des farines animales aux braves herbivores que sont les vaches !

« Donc, c'est d'accord, je vous retrouve demain à douze heures quarante-cinq au restaurant Indochine, rue Dante, dans le Ve arrondissement. Vous connaissez ?

– Non.

– Vous verrez, c'est simple, mais très bon. Vous aimez la cuisine asiatique ?

– Euh… oui.

– À demain, donc. »

Je n'ai pas eu le temps de lui demander l'objet de notre prochaine rencontre : elle a raccroché. Au moins, il s'agit d'une femme volontaire et décidée. Je ne vais quand même pas refuser une invitation à déjeuner émanant d'une commissaire. J'espère au moins qu'elle est jolie.

Nous arrivons en même temps devant le restaurant ; elle me tend la main.

« Bonjour, capitaine. Très heureuse que vous ayez accepté ce déjeuner. Asseyons-nous dans le fond, nous serons plus tranquilles. Avant d'en venir au sujet de cette rencontre, commandons. Je vous conseille le menu, il est parfait et éclectique. Vous savez, on réduit trop souvent la cuisine asiatique à la chinoise, c'est une erreur : la vietnamienne développe aussi des saveurs particulières. Mais nous ne sommes pas là pour disserter sur la gastronomie. Nous prendrons de l'eau, n'est-ce pas ?

– Absolument.

– Laissez-moi faire le choix des plats parmi le menu proposé.

– Je vous fais la plus entière confiance. »

Après avoir dirigé la commande, elle aborde enfin ce qui a motivé son souhait de me rencontrer :

« Capitaine, vous suivez le dossier de la mort du député Claude Riffaton ?

– Pas tout à fait, commissaire. Je ne suis pas en charge de l'enquête sur les circonstances du décès du député, mais simplement des investigations sur un cambriolage commis au domicile de son voisin de palier. Ce n'est pas du tout la même chose.

– Je le sais parfaitement. Mais, en réalité, les recherches sur les causes de la mort suspecte du député n'ont pas été ordonnées.

– C'est possible, mais cela n'entre pas dans la mission que m'a confiée le juge d'instruction. Je ne suis compétent que pour ce cambriolage ou pseudo-cambriolage commis non pas chez le député, mais chez son voisin.

– J'ai bien compris. Il n'en reste pas moins que le décès du député demeure inexpliqué. L'autopsie a été bâclée, le pouvoir n'ayant pas intérêt à ce que l'on sache la vérité. Et elle n'est pas reluisante. Tout le monde sait que Riffaton fréquentait des escrocs et des profiteurs.

– C'est fort possible, mais ce n'est pas vraiment l'objet de ma saisine.

– Attendez. Laissez-moi terminer. En m'écoutant, goûtez ces crevettes, elles sont souvent exceptionnelles. Donc, pour éviter un scandale d'État qui rejaillirait sur le gouvernement, aucune information judiciaire n'a été ouverte, aucun magistrat indépendant ne pourra donc faire procéder à des investigations, demander une nouvelle autopsie, ordonner un examen toxicologique des viscères, procéder à des auditions, diligenter des perquisitions, lancer des commissions rogatoires internationales. Seul un magistrat du parquet, c'est-à-dire dépendant du pouvoir, connaît le dossier. Ce n'est pas normal. Dans quel pays vivons-nous ! »

Elle se lance alors dans une implacable diatribe à l'encontre du gouvernement et du Président. J'en profite pour continuer à déguster les différents plats : raviolis vietnamiens, salade à la citronnelle, etc. Par son outrance, elle n'est pas crédible. Je feins de l'écouter tout en la détaillant. Elle n'est pas mal foutue : grande, mince, cheveux châtain clair, des formes sympathiques. Elle porte des lunettes qui lui donnent un air à la fois sérieux et coquin. En posant doucement ses doigts fins et élégants sur ma main, elle me fait émerger de ma rêverie qui devenait indécente.

« Donc, votre responsabilité est grande. Le seul itinéraire juridique pour contourner l'étouffoir gouvernemental passe par vous. La vérité doit éclater : Riffaton n'est pas décédé de mort naturelle !

– C'est pourtant ce qu'affirme le médecin légiste : je sais cela par les journaux.

– Manipulation ! L'autopsie n'a pas été réalisée par le chef de service, mais par son assistant, qui est incompétent. Elle a été sciemment bâclée.

– La famille – la veuve – aurait pu demander au procureur une contre-autopsie.

– Elle ne l'aurait pas obtenue, et la veuve a peur de la vérité.

– Commissaire, nous sommes arrivés au dessert et ces letchis au parfum de rose sont merveilleux, mais vous ne m'avez pas encore clairement précisé l'objet de notre rencontre : qu'attendez-vous de moi ?

– Je vais y venir. »

Elle marque un silence, me regarde fixement, fait signe à la patronne de lui préparer l'addition. Je fais signe à mon tour qu'elle est pour moi.

« Non, non, s'interpose la commissaire, c'est moi qui vous invite. Nous verrons la prochaine fois… Je vais vous parler de collègue à collègue, oublions le reste. Ne vous laissez pas enfermer dans ce minable pseudo-cambriolage ! Profitez du fait qu'au départ Rif-

faton a cru que le cambrioleur s'était trompé d'appartement, et que c'était lui qui était visé.

– Vos informations sont puisées à bonne source !

– Toujours… Auditionnez officiellement l'ancien
collaborateur du député et faites figurer sa déposition dans la procédure que vous transmettrez au juge
d'instruction. Il vous exprimera ses interrogations et
ses doutes sur les circonstances et les causes de la
mort de son patron. Faites-lui même dire qu'il a la
conviction que Riffaton a été tué. Il est impératif que
ses soupçons figurent dans votre procédure, même
si vous estimez que cela n'a qu'un rapport lointain
avec le cambriolage. Examinez aussi les relations entre
madame Riffaton et le voisin : peut-être y a-t-il là
des éléments intéressants à réunir… Bref, ne vous
laissez pas embobiner par des conseils prétendument
avisés, continuez vos investigations tous azimuts. La
vérité repose sur vos épaules », conclut-elle en m'effleurant de sa main fraîche et en me regardant avec
insistance.

Elle se lève et ajoute :

« Si vous avez un problème, appelez-moi : on peut
toujours me joindre. »

J'admire sa silhouette gracieuse et élancée qui
s'éloigne. Elle sait que je la regarde, sa démarche
en témoigne.

Rentré au bureau, je me renseigne auprès d'un ami
en poste à la préfecture de police sur cette troublante
Florence Martin, commissaire à la Direction centrale de la police judiciaire. Sortie dans un très bon
rang de l'École des commissaires, affectée d'abord

à Lyon, elle a fait un passage remarqué à l'Office central de lutte contre le trafic des biens culturels. Elle est depuis deux ans à la DCPJ. D'après mon ami, elle serait aussi très engagée politiquement, et une habituée des antichambres ministérielles quand ses amis sont au gouvernement, ce qui n'est pas le cas actuellement.

Chapitre 28

Je n'ai pas eu, comme me le recommandait la commissaire Florence Martin, besoin de prendre à nouveau contact avec l'assistant parlementaire de Riffaton ; c'est lui qui m'a appelé en passant par le standard du commissariat. Il voulait m'inviter à déjeuner au Récamier, rue de Sèvres. J'ai naturellement refusé. Je ne tiens pas à m'afficher avec lui dans ce restaurant où se côtoient politiques, éditeurs, artistes et avocats. Pas de meilleur endroit dans Paris pour se faire repérer. Il a néanmoins insisté pour me voir d'urgence. J'ai finalement accepté de prendre un café au Scossa, rue de la Pompe, non loin du commissariat.

« Je sais bien que vous doutez de la réalité de l'exécution de Riffaton », me dit-il, puis il ajoute : « Naturellement, vous vous contenterez des conclusions du rapport d'autopsie. C'est la logique, mais aussi la facilité…

– Je n'ai pas encore eu connaissance de ce que déclare le médecin légiste.

– Vous verrez. Il n'affirme pas que Riffaton a été assassiné. Il précise qu'il est décédé par suite d'une embolie pulmonaire. Point final, fermez le ban ! Circulez, il n'y a plus rien à voir ni à dire !

– Normal, s'il n'a rien remarqué de suspect sur le corps : pas de traces visibles sur le cou, je présume. Vous ne pouvez pas non plus mettre en cause la corporation des médecins légistes…

– Sauf que l'autopsie a été bâclée. Certains ont intérêt à ce qu'on oublie promptement cette mort, au palais Bourbon. Ils sont pressés de l'enterrer, et plutôt deux fois qu'une !

– Qui ça, *ils* ?

– Le Président et ses amis politiques. Ils tiennent à effacer son souvenir, à écarter les curieux : les élections approchant, un scandale risquerait de bouleverser la donne politique. Alors on a programmé vite fait des obsèques officielles. La République adore les hommages, les funérailles en grand apparat. Lui, le franc-maçon, le mécréant, va peut-être même avoir droit à un office solennel à Saint-Louis-des-Invalides avec au premier rang le Premier ministre, des membres du gouvernement…

– Vous déraillez et dites n'importe quoi ! »

Je fais mine de me lever.

« Restez, j'en ai pour cinq minutes encore. Il n'y a qu'à vous que je puis dire ce que je pense et montrer certains papiers.

– Allons alors à l'essentiel et cessez de vous monter le bourrichon. Faites vite, j'ai du boulot qui m'attend au commissariat.

– Pour en revenir à l'autopsie, pourquoi ne pas avoir prélevé des viscères afin de procéder à des examens toxicologiques ? » s'interroge-t-il.

« Les circonstances de la mort, les constatations faites sur le corps ne révèlent rien qui puisse faire pencher pour un meurtre… L'autopsie n'était d'ailleurs pas indispensable. J'ajoute que l'enceinte de l'Assemblée nationale est suffisamment sécurisée pour qu'on puisse songer possible l'irruption d'un individu accédant au bureau d'un député pour le tuer et repartir ensuite comme si de rien n'était.

– Le criminel peut faire partie de ceux ou celles qui ont accès aux locaux de l'Assemblée. Y travaillent normalement 577 députés, 1 250 fonctionnaires, plus de 2 100 assistants parlementaires. Il faut encore y ajouter près de 950 bénévoles, sans compter les très nombreux contractuels ou stagiaires, ainsi que les salariés des entreprises chargées des travaux ou de la maintenance. L'Assemblée est en soi une ville abritant bien plus de 5 000 personnes, car la fréquentent aussi de nombreux « touristes », à savoir les personnalités auditionnées par les commissions, les visiteurs des députés, les participants aux colloques et réunions en tout genre… Celles et ceux qui entrent en compagnie d'un député évitent aussi souvent les contrôles à l'entrée. Il suffit d'arriver en voiture avec un parlementaire ou dissimulé dans le coffre de son véhicule pour échapper aux vérifications d'identité. Mais peut-être est-ce la femme de Riffaton qui l'a exécuté en l'empoisonnant ?

– Franchement, là, vous versez dans le feuilleton !

– Mais non, examinez plutôt ces documents ! »

Il sort de la poche de sa veste plusieurs papiers, les déplie. Avant de les commenter, comme s'il voulait ménager ses effets, il boit une lampée de son café, grimace parce qu'il est froid, hèle le serveur, en commande deux autres tout en m'adressant un petit sourire de connivence. Il me montre enfin les documents en question. J'espère qu'il ne va pas faire comme lors de notre précédente rencontre, et me laisser payer les consommations.

« Regardez ces deux lettres récentes, non signées, datées d'il y a six et dix mois, adressées à Riffaton. Elles lui rappellent le total de sommes qui lui auraient été avancées et qu'il n'aurait jamais remboursées, soit près de cinq cent mille euros.

– Cela ne justifie en rien son assassinat.

– Soit, réplique-t-il, mais lisez cette autre pièce. Il s'agit d'une note, toujours non signée, récapitulant ses interventions intéressantes au profit de certaines sociétés, en vue de bénéficier de la remise de pénalités de retard dans le paiement au fisc de certaines contributions sociales ou fiscales, et d'obtenir la bienveillance de la Commission nationale de l'urbanisme commercial… J'en ai d'autres dans le même genre.

– C'est peut-être vous qui avez confectionné des faux !

– Vous m'injuriez en insinuant cela !

– Même si ce n'est pas le cas, ce n'est pas non plus là une raison pour l'exécuter. Cela prouve que Riffaton n'hésitait pas à se compromettre pour des intérêts privés. Il n'est pas le seul, et c'est un pan de l'affaire qui ne concerne pas mon dossier.

– La conclusion est claire : "Lors de notre prochain déjeuner, nous en reparlerons", est-il écrit et souligné en rouge dans les documents. C'est une menace à peine voilée.

– C'est votre interprétation.

– Si, à vos yeux, cela ne justifie toujours pas mes doutes, dites-le-moi, je suis certain de vous convaincre à l'aide d'autres documents…

– Puisque votre intime conviction est que Riffaton a été exécuté, donnez une conférence de presse, saisissez la justice, prenez un avocat, demandez à sa femme de clamer ses soupçons : les journalistes affectionnent ce genre de déclarations.

– Vous me l'avez déjà suggéré. Sa femme ? Vous n'y pensez pas ! Elle est ailleurs, elle s'en fout ! Son comportement est au demeurant curieux…

– N'exagérez pas : cette pauvre femme vient de perdre son mari.

– C'est une affaire d'État, monsieur le commissaire !

– Capitaine !

– Pardon, j'avais oublié, capitaine… J'en suis convaincu, nous sommes confrontés à un meurtre d'État. C'est grave, très grave…

– Absurde ! Dans le meilleur des cas, ces pièces témoignent du peu de scrupules de Riffaton. Le reste relève d'un mauvais polar.

– Il a été assassiné, j'en mettrais ma tête à couper !

– Franchement ? Voilà maintenant les « barbouzes » qui entrent en scène !

– Cette loi du silence qui prévaut partout ne vous interpelle pas ?

160

– Quelle loi du silence ? La presse a évoqué à plusieurs reprises la mort du député. À titre de précaution, une autopsie a été ordonnée et pratiquée. Encore une fois, rien de suspect n'a été constaté. Il n'y a pas de loi du silence, hormis dans votre tête. Cessez de chercher midi à quatorze heures, départissez-vous de ces divagations absurdes…

– Permettez-moi de vous contredire. À la vérité, certains préfèrent les arrangements derrière les portes. Le scénario n'est pas nouveau. Il n'est que de passer en revue notre histoire. Les scandales…

– Vous me l'avez déjà dit. Prenez donc un détective privé…

– Je n'en ai pas les moyens, et puis Riffaton avait confiance en vous. Je suis persuadé que le cambriolage de l'appartement voisin du sien fut le premier signe annonciateur de son exécution. Je vous en apporterai la preuve ! »

Il commence à m'énerver, ce garçon. Complètement fêlé ! Il est vrai que le cambriolage chez Bombomy demeure toujours aussi étrange, mais de là à considérer qu'il a pu être le signe précurseur de l'exécution, pour moi totalement fictive, du député, ce n'est pas une connexion que j'estime recevable.

Je me lève le premier, signifiant que notre entretien est terminé. Je lui serre la main et m'en vais, le laissant régler seul nos quatre cafés.

Au commissariat, Catherine vient me retrouver dans mon bureau. Elle arbore un sourire triomphant. Pour la forme, elle me demande si je vais mieux, et prétend qu'elle s'est fait toute la nuit du souci pour moi. Le fait que ma déprime soit passée n'est pas à l'origine de la satisfaction qu'elle manifeste.

« J'aï le rapport d'autopsie ! me dit-elle d'un air faraud.

– Il affirme que Riffaton est décédé par suite d'une embolie pulmonaire ou d'une crise cardiaque ?

– Comment le sais-tu ? C'est encore confidentiel… »

Il lui semble stupéfiant que je puisse avoir eu connaissance avant elle des termes du rapport.

« J'ai mes réseaux… »

Pour l'impressionner encore un peu plus, j'ajoute :

« Aucun prélèvement de viscères n'a été effectué en vue d'un examen toxicologique…

– Je suis bluffée ! Chapeau, le flic !

– J'adore surprendre les jolies femmes…

– Si tu recommences à me faire la cour, c'est que tu vas mieux…

– Ta conclusion ?

– Rien de suspect, affaire classée : nous nous sommes plantés en pensant que Riffaton avait été assassiné dans l'enceinte de l'Assemblée… De toute façon, tu ne peux t'intéresser qu'au cambriolage, lequel est en définitive d'une grande banalité ! Tu devrais tout renvoyer vite fait au juge. »

Pour rétablir entre elle et moi un rapport de forces qui n'a pas toujours été très positif, et la rabaisser quelque peu, j'ajoute non sans une certaine délectation :

« Tu vas un peu vite en besogne. L'expérience dicte qu'un bon policier doit toujours envisager toutes les hypothèses. D'une part, ce n'est pas parce qu'on n'a découvert aucune marque de strangulation qu'il n'a pas été empoisonné ! Au cyanure, par exemple. »

Elle m'écoute, de plus en plus béate. Elle paraît ne pas se rendre compte que je lui ânonne ce que j'ai appris à l'École de police en cours de médecine légale. Pour continuer à l'épater, j'enchaîne :

« C'est une grave faute de n'avoir pas procédé à une analyse toxicologique ; la thèse de l'empoisonnement se trouve exclue sans qu'il y ait eu un minimum de vérifications. Sais-tu que l'empoisonnement au cyanure est très difficile à déceler sans un examen approfondi ? L'absorption de sel de cyanure, même à très faible dose, mélangé par exemple à du pastis ou à quelque autre breuvage au goût prononcé, fait que le sujet ne s'aperçoit de rien, et la dose est mortelle…

– Chapeau ! Tu es beaucoup plus costaud en ce domaine que je ne l'imaginais ! »

Elle tente de reprendre sur moi l'avantage :

« Mais tout cela est peu plausible. Un meurtre au palais Bourbon, on n'a jamais vu ça !

– Sais-tu, ma grande, combien de personnes ont accès aux locaux de l'Assemblée ?

– Non. Assez peu ? Ce n'est tout de même pas un hall de gare. À part les députés, je ne sais pas combien ils sont, mais, compte tenu de leur absentéisme régulièrement dénoncé que l'on constate à la télévision en voyant l'hémicycle aux trois quarts vide, je dirais dans les trois cents personnes…

– Tu es bien loin de la réalité. Plus de cinq mille personnes ont accès aux divers locaux de l'Assemblée. Ça en fait, des suspects potentiels ! »

Je suis heureux de lui avoir assené cette petite leçon, extraite de ma science toute fraîche. Elle n'en revient pas et d'ailleurs se garde d'insister. Prétextant du boulot en retard elle tourne les talons et quitte mon bureau sans un mot de plus, manifestement contrariée par le cours de notre entretien.

Je consacre le reste de la journée au quotidien d'un capitaine, officier de police judiciaire, en fonction dans un commissariat de quartier. Même le XVIe arrondissement, considéré comme l'un des secteurs privilégiés de Paris, n'échappe pas à l'insécurité, au sordide.

Une grande partie de l'après-midi, j'auditionne un colonel à la retraite suspecté de coups et blessures sur sa femme. Excédée par ce comportement qui perdure depuis des années, l'épouse, sur les conseils de la veuve d'un préfet vivant dans le même immeuble, a fini par déposer plainte. Les explications du mari aux cinq barrettes sont confuses et lentes à venir. Probablement aigri de n'avoir jamais pu atteindre le grade de général de brigade, s'ennuyant ferme depuis douze ans qu'il a été rayé des cadres actifs, ayant, du fait de son caractère intransigeant, rompu avec ses quatre enfants, ne voyant pas ses petits-enfants, il a trouvé dans l'alcool le moyen de fuir une fin de vie qu'il ne supporte pas. À force de patience, il finit par reconnaître qu'« il lui arrive parfois de rabattre le caquet de sa femme en la souf019etant » :

« Quand elle me tape sur le système, qu'elle me "court le haricot", comme on disait dans mon régiment, je n'arrive pas à me contenir et je lui fous ma main sur la figure. Rien de bien exceptionnel, vous comprenez, commissaire…

– Non, capitaine ! »

Il me regarde, stupéfait, a un mouvement de recul :

« Vous interrogez un colonel de l'armée française : vous me devez donc le respect ! Ma femme n'a pas à se plaindre de la vie que, grâce à moi, elle a connue. Sous des influences néfastes, des ragots de voisinage, elle est devenue geignarde. Capitaine, allez chercher ma femme, nous rentrons à la maison. »

Je lui intime l'ordre de se calmer et de signer sa déposition ; il refuse, jette à terre le stylo à bille, se lève pour quitter les lieux. Avec l'aide du brigadier, je lui fais prendre de force la direction de la cellule de garde à vue. Il se met à brailler dans le couloir : « On me met aux arrêts de rigueur, c'est intolérable ! Je n'ai pas trahi le drapeau ! »

Dans le bureau d'un collègue, sa femme, qui achève sa déposition, entendant son mari, fond en larmes, dit vouloir retirer sa plainte, laisse doucement percer son désespoir « d'avoir déshonoré son mari et l'armée française », et clame son intention « de disparaître » !

Avec l'accord du patron, à titre de précaution, afin qu'elle se calme et recouvre son équilibre, elle aussi est placée en garde à vue, mais dans la seconde cellule.

Catherine se faufile alors dans mon bureau que vient de libérer le colonel.

« On dîne ensemble ce soir ?

– Pas possible, ma belle, c'est ma soirée hebdomadaire de culture physique. Il faut toujours rester en forme quand on est flic. C'est pas seulement la tête qui doit être en bon état de marche, mais aussi les muscles. Avec l'âge, il convient que la rouille n'envahisse pas trop rapidement le corps, que les articulations ne craquent pas, que le ventre ne se mette pas à gonfler…

– … mais que les pectoraux impressionnent les filles… Dommage pour toi, salut et à demain ! » lance-t-elle sur un ton pincé, sans venir m'embrasser pour un au revoir, comme nous le faisons en général.

Nous jouons à fronts renversés. C'était moi, auparavant, qui la draguais ; c'est elle, aujourd'hui, qui tente de me séduire. Comme je ne cède pas, elle est vexée. Mais son comportement à mon endroit me laisse perplexe. Elle est désireuse de m'aider dans cette enquête partie du pseudo-cambriolage de la chaussée de la Muette. Soit ! Mais j'ai aussi le sentiment que cette offre de collaboration n'est pas totalement désintéressée.

M'espionne-t-elle ? Dans l'affirmative, pour le compte de qui ? Je n'oublie pas que son père a terminé sa carrière comme chef de service aux Renseignements généraux : cela a dû induire chez elle certains réflexes, d'autant que je sais que son ambition est de travailler dans un tel service.

Ou alors, plus simplement, à force de me voir lui faire du gringue, est-elle devenue à ce point amoureuse de moi qu'elle entend se mêler de tout ce qui me concerne afin de m'épargner des fautes professionnelles ? de me libérer d'un dossier sensible dans lequel il n'y a que des coups à prendre ? Cette dernière hypothèse, j'en suis convaincu, est la bonne. Je m'en réjouis d'avance.

Chapitre 29

Quand il voit la grande échelle des pompiers de Paris déployée le long de la façade calcinée, les véhicules des secours d'urgence et celui de Police-secours, l'épaisse fumée noire sortir par des fenêtres du troisième étage, P'tit Louis a peur : son seul réflexe est de prendre Urfé dans ses bras pour la protéger.

Il s'assied sur le bord du trottoir, incapable de réaliser vraiment ce qui arrive. Il sanglote.

Blottie contre sa poitrine, Urfé tremble et lui lèche la figure.

L'hôtel des Tournelles est en feu.

Les pompiers arrosent tout. L'eau ruisselle de toutes parts.

Les policiers bouclent la rue.

Les badauds sont au spectacle.

La sirène d'une ambulance hurle.

P'tit Louis ne comprend pas.

Le brigadier, qui l'a reconnu, lui ordonne doucement de ne pas demeurer sur place, c'est dangereux.

P'tit Louis se relève péniblement. Il n'a plus la force de pleurer.

Urfé a cessé de trembler, mais lui lèche toujours la figure.

Il s'écarte lentement, mais ne peut se résoudre à partir.

Il ne comprend toujours pas ce qui arrive à cet hôtel, pourquoi on lui a fait cela.

Le lendemain, en regardant les Actualités régionales, le Légionnaire, toujours réfugié chez son ami, rue de l'Amiral-d'Estaing, dans le XVIᵉ arrondissement, a tout de suite compris, pour sa part, que l'incendie de l'hôtel des Tournelles était d'origine criminelle, et que la guerre lui était déclarée.

L'incendiaire de l'hôtel a obtenu ce qu'il recherchait. La fermeture de l'établissement pour de longs mois oblige désormais le Légionnaire à sortir de sa planque. C'est par l'intermédiaire de P'tit Louis, le gardien de nuit, qu'il recevait la plupart de ses commandes et nouait un grand nombre de ses contacts. Il est donc au chômage technique. Il a conscience qu'il ne peut rester trop longtemps sans exercer sa spécialité, qui suppose une pratique régulière. Il n'a jamais voulu dépendre d'un commanditaire, mais pouvoir compter sur un réseau de clients potentiels. Pour d'évidentes raisons de sécurité, il ne peut donner son numéro de portable : si la police en avait connaissance, elle pourrait aussitôt l'identifier ou le localiser.

L'incendiaire a suivi P'tit Louis pendant plusieurs jours pour vérifier si le Légionnaire venait à son contact ; dans ce cas, il avait ordre de le prendre en filature et de le descendre. Le Légionnaire ne s'étant pas manifesté, il a alors envisagé d'abattre P'tit Louis. Il n'éprouve jamais le moindre scrupule à semer la mort. Quand le boss ordonne, il exécute sans état d'âme. Peu lui importe de savoir si c'est bien ou mal, légal ou frauduleux. Il vole s'il faut dérober, tape si l'ordre est de frapper, mutile si les instructions sont de défigurer, tire si la commande est de tuer. L'important est que le boss soit satisfait du travail effectué, et surtout de s'épargner ses colères.

Il s'est donc rendu compte que l'objectif assigné par le boss n'aurait pas été atteint par la simple élimination de P'tit Louis. Celui-ci ne possède ni portable ni téléphone fixe chez lui. Il s'en est assuré en visitant son petit logement. De toute façon, le Légionnaire ne communiquait que par l'intermédiaire du téléphone de l'hôtel.

Ce diagnostic porté, il en a rendu compte au boss qui a alors simplement commandé l'incendie de l'hôtel dans les meilleurs délais.

Le boss n'est autre que Salvatore Civette.

Pour le Légionnaire, il est donc désormais impératif et urgent de sortir de l'impasse. Il en a parfaitement conscience : il ne peut continuer à se terrer chez son ami. Celui-ci s'est montré accueillant, lui a laissé occuper seul l'appartement, a rempli le frigidaire, fourni des vêtements. Mais cela se prolonge et le réfugié ne tient plus en place dans ces trois pièces. Il n'a jamais autant visionné de cassettes, regardé la télévision, lu de polars, dormi, ingurgité rillettes, pâtés, jambon, siphonné de bouteilles de rouge et de canettes de Coca-Cola. Il est saturé de spaghettis à la tomate, il se sent lourd. Il

170

étouffe. Il a besoin d'exercice, d'espace, de liberté. Et de travailler.

Il décide de s'offrir un petit tour dans le quartier pour réfléchir tout en marchant à la meilleure stratégie à suivre pour débloquer sa situation. Il fait le tour de la place des États-Unis, reste un petit moment à détailler la statue représentant Lafayette et Washington se serrant la main.

Il lui faudrait négocier un arrangement avec Salvatore Civette. Il sait que ce sera difficile. Civette est un animal féroce, rarement disposé au compromis lorsqu'il est en position de supériorité. Il a des amis dévoués, prêts à tout, même à l'extrême. Il ordonne, ils exécutent sans scrupules, et l'incendie de l'hôtel des Tournelles est la preuve, pour le Légionnaire, que Salvatore Civette ne reculera devant aucun obstacle pour le retrouver.

Pour Civette, l'exécution de Triali n'est pas tolérable. Il s'est juré de faire subir à son meurtrier le sort que celui-ci a réservé à son ami. Il est aussi persuadé que, s'il n'impose pas sa loi, la prochaine victime sera lui : s'il ne réagit pas le premier, c'est lui qui sera abattu.

Le Grand Maurice et Paul Triali, pourtant méfiants, précautionneux, se sont fait abattre par un professionnel qui connaissait leurs habitudes et qui a agi avec une parfaite maîtrise. Cette façon de procéder, cela ne fait aucun doute pour Salvatore, porte la marque d'un prédateur solitaire, donc celle du Légionnaire.

Il le connaît et s'en est toujours méfié. Civette n'apprécie pas les « indépendants », qui travaillent seuls, avec tout le monde, et qui ne dépendent de personne. Quiconque ne lui a pas fait acte d'allégeance est pour Salvatore Civette un rival, donc un ennemi qui a vocation a être écarté ou éliminé, surtout s'il agit en électron libre. Il ne tolère que ce qui est structuré, discipliné. Il préfère l'affrontement avec un adversaire identifié, avec lequel il peut, le moment venu, négocier une paix provisoire, trouver un *modus vivendi,* sceller une répartition des théâtres d'opérations, que de devoir subir la fureur d'un loup solitaire, surtout quand celui-ci se sait menacé ou est simplement blessé.

La seule solution qui s'impose à Civette est donc de faire sortir le Légionnaire de sa tanière, de le pousser en terrain découvert, puis de l'abattre sans discussion préalable, de l'empêcher ainsi de lui nuire.

Sa solitude, qui fut longtemps pour lui un avantage, est devenue une faiblesse : le Légionnaire le sait. Il n'a pas de troupes pour répliquer aux hommes de Civette, pilonner ses positions, perturber ses circuits d'écoulement d'objets volés, tout fracasser dans le restaurant de luxe de sa maîtresse, ruiner sa réputation.

Il poursuit sa promenade, déjeune au Copernic. Il n'est pas encore midi, il y a peu de clients et il n'a aucune difficulté à trouver une place dans le fond de la brasserie. Commande uniquement une entrecôte bleue, mais chaude. Sitôt le café avalé et l'addition réglée – tout est cher, dans ce quartier, se dit-il –, il ressort, regarde à droite et à gauche pour vérifier qu'il n'y a rien de suspect. Il est demeuré une heure dans cette brasserie : pour quelqu'un d'aussi prudent que lui, c'est une faute.

Il traverse l'avenue Kléber, prend la direction de l'Arc de triomphe, passe devant le magasin Ferrari. Il n'a pas le temps d'admirer le bolide exposé en vitrine : le grondement d'une moto passant à proximité le fait revenir à la dure réalité. Il est menacé et se sait en péril. Pour la première fois depuis qu'il a quitté la Légion, il ne se sent plus capable de l'affronter, ce danger qu'il a si souvent côtoyé, qui peut surgir à tout moment, de n'importe où. Au coin de la rue, à la terrasse d'un café, au sortir d'un immeuble, en descendant de voiture, il a conscience que l'ennemi le guette et ne lui laissera aucune chance de s'en sortir. Lui qui a si facilement donné et si dignement bravé la mort, lorsqu'il servait au Kosovo ou ailleurs, ne supporte pas, aujourd'hui, l'idée de la recevoir.

Il hâte le pas. Tout, maintenant, le déstabilise : cette moto qui passe, chevauchée par deux passagers, l'homme qui arrive en face, la camionnette qui se gare et de laquelle descendent trois individus... C'est en sueur qu'il réintègre le studio de la rue de l'Amiral-d'Estaing.

Il ouvre la fenêtre en grand, scrute la rue pour vérifier qu'il n'a pas été suivi et que sa planque n'a pas été repérée. Il respire à fond. Sa décision est prise : contacter au plus vite Salvatore Civette et lui proposer une trêve, voire même de travailler sous sa protection. Il sait comment le contacter.

Il prend une douche, choisit dans la penderie un costume qui lui va à peu près. L'apparence qu'il donnera de lui est en effet essentielle. Il sort de l'immeuble. Nerveux, le bruit de la rue l'effraie, il n'a pas le courage de continuer. Il entre dans le premier café et se fait servir un cognac, puis un second, qu'il avale d'un trait. Il a honte de ce qu'il est devenu. Il respire à fond. Commande un sandwich jambon-gruyère. Il est devenu boulimique.

Il fait un effort sur lui-même pour réfléchir sereinement. Au bout d'un moment, il décide de changer de stratégie, de ne pas affronter Salvatore Civette, mais de le contourner, le déstabiliser, et surtout l'éliminer.

Chapitre 30

En passant devant l'immeuble de la chaussée de la Muette, je remarque le gardien devant la porte cochère. Je gare ma voiture et l'aborde comme si notre rencontre résultait d'un heureux hasard.

« Pas de problème, tout est calme ?

– Bonjour, monsieur le commissaire.

– Capitaine !

– On peut pas dire qu'il ne se passe rien.

– Ah bon, pourquoi donc ?

– Il y a eu le décès du député, c'est bien triste…

– Et que dit-on, dans l'immeuble, de sa mort ?

– Pas grand-chose, il était très discret. Et puis, vous savez, je ne suis pas là depuis longtemps, je ne fais pas encore partie des meubles.

– Et sa femme, que devient-elle ?

– Rien de spécial », confie-t-il, un peu gêné, hésitant à continuer son récit.

Son hésitation, je la décèle à son ton ; il ne me regarde plus, se retourne pour vérifier qu'il n'est pas écouté.

« Vous me cachez quelque chose ?

– Non, non, ce n'est pas bien… Si je vous le dis, la patronne sera furieuse…

– Qui ça ?

– La patronne, c'est ma femme.

– Pas grave, elle ne le saura pas.

– Vous conserverez pour vous ce secret, juré ?

– Pas de problème, parole de flic…

– Eh bien, elle ne sera pas restée veuve très longtemps, elle s'est vite consolée ! Je ne peux pas vous en dire plus, ce ne serait pas bien. Un gardien, ça voit tout…

– … mais ne dit rien. Je connais la formule ! Mais elle ne vaut pas, quand on est interrogé par la police.

– Eh bien voilà : elle vit avec un autre homme. C'est moche, si tôt après le décès de son mari. Le cercueil est à peine refermé et hop, elle s'envoie en l'air ! Pas bien, n'est-ce pas ?

– Qui est cet homme ?

– Monsieur Bombomy !

– Pierre Bombomy, son voisin de palier ?

– Lui-même.

– Vous en êtes certain, Bombomy est son amant ?

– Je pense, mais je n'en ai pas la certitude : c'est ce qu'on dit dans la maison, je ne fais là que répéter une rumeur. Je crois que j'aurais dû la fermer…

– Non, vous avez bien fait.

– Et que raconte-t-on d'autre ?

– On dit même que ç'avait commencé avant la mort du mari, mais ce sont des commérages et la patronne dit toujours qu'il ne faut pas leur prêter l'oreille. Je les ai entendus… Vous me comprenez, au moins, vous ?

176

Vous devriez interroger, je ne connais pas son nom, le jeune homme qui travaillait avec le député…

– Pourquoi ?

– Il en sait long, lui, et puis elle l'a viré méchamment…

– Pour quel motif ?

– Je ne sais pas, mais il avait l'air furieux, et elle aussi était très en colère : ils se sont engueulés dans l'escalier. J'y étais aussi, mais à l'étage au-dessous. Il a crié, je m'en souviens : "Je trouverai la vérité, même si cela vous déplaît !" Vous savez ce qu'il a ajouté, ce jeune homme ?

– Non, mais vous allez me le dire.

– Il lui a hurlé : "Je dirai tout aux flics !" Vous rendez-vous compte ? Et puis Bombomy s'en est mêlé, ça a failli dégénérer en pugilat. Il lui a crié, au petit jeune : "Si tu parles, je te fais sauter toutes tes dents et bouffer ta merde !" J'ai eu peur, je me suis planqué. Heureusement, personne ne m'a vu. Quelle histoire ! Je l'ai racontée à la patronne, elle m'a dit : "Tu la boucles". Je lui ai juré de ne rien dire.

– Vous ne m'avez rien raconté. Ne vous inquiétez pas, je suis une tombe. Personne ne sera au courant de notre conversation. Si vous apprenez d'autres choses, appelez-moi au commissariat. Je repasserai vous dire bonjour. »

Au commissariat, Catherine m'attend : elle a laissé la porte de son bureau ouverte pour me voir arriver.

« On déjeune ensemble ?

– Pourquoi pas ? On câlinera après.

– Dans la vie, il n'y a pas que le sexe !

– Non, mais c'est important. Je note quand même une certaine évolution dans ta réponse. Ce n'est plus une fin de non-recevoir, c'est : on verra. Deviendrais-tu amoureuse de moi ?

– On verra.

– Ce n'est pas une réponse.

– On verra… »

Elle quitte mon bureau, puis revient sur ses pas et m'embrasse du bout des lèvres.

« Au fait, je n'ai pas d'éléments nouveaux sur les circonstances de la mort du député. Et toi ? demande-t-elle.

– Rien. Je n'ai pas eu le temps de m'en occuper.

– Tu sais, je suis toujours prête à t'aider. Mais s'il n'y a pas d'éléments nouveaux, il te faut clôturer le dossier.

– J'ai bien noté ton conseil. Je t'en remercie. »

Elle se rapproche de moi, effleure à nouveau mes lèvres, puis sort sans me regarder.

Chapitre 31

Ce matin, dès mon arrivée au commissariat, il me faut remplacer un collègue absent et enregistrer la déposition d'un individu hirsute, pas vieux, mais pas jeune non plus : un tas de crasse empestant le tabac refroidi, la vinasse, et dégageant une odeur d'urine à vous soulever le cœur. Dans une crise aiguë de *delirium tremens*, ce sans domicile fixe – on aurait dit jadis un clodo –, a brisé les vitres et endommagé une vingtaine de voitures ; plus grave, il a agressé, et pas seulement verbalement, trois passantes et un enfant, lequel a pris une bouteille de bière en pleine figure. Lorsqu'il a pu être maîtrisé par les collègues de la sécurité publique, il a fortement mordu la main du brigadier qui le faisait monter dans le car de Police-secours, lui causant une entaille qui a nécessité plusieurs points de suture. Malgré une nuit en cellule de dégrisement, ses propos sont encore incohérents. Il parle de Judas, évoque Ben Laden, vocifère contre les Juifs, injurie les Arabes.

Quand les spécialistes, à l'École de police, expliquent le *delirium tremens* comme la manifestation d'un alcoolisme chronique, bien plus que la résultante d'une simple cuite, je puis constater qu'ils ont parfaitement raison. Cet individu dont, au bout de vingt minutes, je n'arrive toujours pas à obtenir l'identité complète, est à ce point et depuis si longtemps imbibé d'alcool que même après dix heures d'abstinence il demeure incapable de se souvenir de quoi que ce soit.

Alors que je tente de faire parler cette épave, Catherine fait irruption dans mon bureau.

« Tu vas ?

– Ça pourrait aller mieux si je ne perdais pas mon temps avec ce genre d'énergumène.

– Ça pue ici ! constate-t-elle.

– Nous ne sommes pas dans une parfumerie !

– Je ne sais pour quelle raison, j'ai reçu pour toi une communication urgente…

– De qui ?

– Ludovic Brunot ; c'était l'assistant de notre fameux personnage, n'est-ce pas ?

– En effet.

– Il m'a laissé le numéro où tu pouvais le rappeler. Tu veux que je lui demande ce qu'il attend exactement ?

– Merci, je le ferai moi-même.

– Comme tu veux, c'est toi le boss. »

Je renvoie mon clodo poursuivre sa rumination dans la cellule de garde à vue, ouvre grand la fenêtre du bureau pour dissiper les relents nauséabonds dont j'ai l'impression qu'ils ont déjà imprégné jusqu'à mes vêtements. Je n'ai pas le temps d'aller me laver les mains : mon téléphone fait retentir sa sonnerie. Je décroche et reconnais immédiatement sa voix.

« Capitaine ! »

Il a enfin compris que je n'étais pas commissaire. Tout finit par arriver, la pédagogie a du bon…

« Il est urgent et nécessaire que je vous rencontre au plus tôt. J'ai du nouveau, on progresse ! Je vais vous étonner : je suis sur la bonne piste, j'arrive à la vérité…

– Dites ce que vous avez à me raconter de si essentiel par téléphone. Ce sera plus simple.

– Non, je suis écouté. Vous aussi, peut-être.

– Bon, dans une heure au Montespan.

– Au quoi ?

– Le Montespan, le bar qui porte le nom de la maîtresse de Louis XIV, au coin de la rue de la Pompe et de l'avenue Henri-Martin, du côté du lycée Janson-de-Sailly, vous voyez ?

– Je vais trouver. »

Ce pauvre garçon me fait pitié, il est complètement à la dérive et devient paranoïaque. Il ne se rend même pas compte qu'à force de fouiner il découvre que son cher et ancien patron, le député Riffaton, était en réalité un affairiste qui a monnayé les différents services qu'il a rendus. Au nom de la recherche de la vérité, il ne comprend pas qu'il va finir par se brûler sérieusement les doigts. À moins qu'il ne soit complètement manipulé ?

En me rendant à pied au Montespan, je me demande s'il n'y a pas une autre hypothèse, mais je n'ose pas trop y penser. Elle consisterait à m'utiliser à des fins politiques ou autres. Le pseudo-cambriolage de Bombomy serait un leurre auquel j'aurais mordu, et, depuis, étant bien accroché à l'hameçon, on se joue de moi comme le pêcheur fatigue la carpe avant de la ramener sur la berge.

Ne suis-je pas au centre d'un affrontement politique ? D'un côté, il y aurait Ludovic Brunot, l'assistant parlementaire, qui veut m'utiliser pour régler des comptes personnels, peut-être avec madame Riffaton. Il aurait été rejoint, cette fois pour des motifs politiques, par Florence Martin, la commissaire de la DCRJ. L'un et l'autre m'incitent à franchir la ligne jaune sur le plan juridique et à axer mon enquête sur les causes de la mort du député. Dans l'autre camp, Catherine, pour des motifs sentimentaux, mais aussi d'orthodoxie policière, me conseille de rester dans le cadre strict fixé par la commission rogatoire.

Il est vrai que le juge, lui, est demeuré prudent : il m'a donné pour consigne « de procéder à toutes les investigations et auditions nécessaires à la manifestation de la vérité ». Quel est l'intérêt de la justice ? Trouver la vérité, découvrir qui est l'auteur du vrai-faux cambriolage. La révélation du mobile débouchera sur l'identification de l'auteur.

Cependant, les faits ne se sont pas déroulés chez le député, mais au domicile de son voisin de palier.

Certes, mais celui-ci est aussi l'amant de la femme du député.

Imbroglio d'autant plus complexe que ce député était un fieffé voyou – mais cet aspect-là ne me regarde pas directement.

Chapitre 32

Ludovic Brunot m'attend devant le Montespan. Plutôt que de nous installer dans ce bar, nous arpentons l'avenue Henri-Martin en direction du square Lamartine. Là, au milieu des petits enfants criards qui jouent sous la plus ou moins grande vigilance de nounous qui cancanent, il me fait part de ses dernières découvertes :

« Saviez-vous, me dit-il, que madame Riffaton était la maîtresse de Bombomy ? »

Il laisse paraître sa surprise quand je lui avoue que je le sais, mais j'évite de lui indiquer depuis quand et grâce à qui je détiens l'information. Mais je lui demande comment, lui, l'a appris. Il hésite à me répondre. J'insiste.

« J'ai les clefs de l'appartement de Riffaton. Il me les avait confiées dès le début de notre collaboration. Il avait une totale confiance en moi.

– Vous avez fouillé ?

– J'ai profité d'une absence de madame pour y faire un petit tour. J'ai mis la main sur un document...

– Un autre jour, vous vous êtes fait pincer et ça a failli très mal tourner...

– On vous a raconté ça ? Il faut savoir prendre des risques pour réunir les preuves de ce que l'on sait. »

Il sort de sa poche un papier sur lequel figurent les coordonnées d'un avocat.

« Et alors, ça prouve quoi ?

– Rien, si ce n'est qu'il est inscrit de sa main.

– La main de qui ?

– De Claude Riffaton : je reconnais son écriture. Il envisageait une procédure de divorce pour faute grave empêchant toute poursuite de vie commune.

– Et alors ?

– Il désirait se séparer de sa femme.

– Cela ne prouve pas que votre député a été assassiné !

– Oui, mais elle vous a aussi menti, quand elle a prétendu ne pas connaître Bombomy.

– Probablement, et alors ?

– Je suis persuadé qu'elle était parfaitement informée des intentions de son mari à son égard.

– Vous voulez insinuer par là qu'elle n'a pas supporté cette hypothèse, et qu'elle l'a liquidé ? Si toutes les femmes dans son cas assassinaient leur mari, les prisons seraient encore plus surpeuplées. Non, je ne crois pas à cette hypothèse, d'autant moins que le rapport d'autopsie conclut à une mort naturelle. »

Il est déçu que je n'adhère pas à ce scénario absurde. Avant de le quitter, je lui recommande d'arrêter ses conneries. S'être introduit, comme il me l'a avoué, dans l'appartement de Riffaton, est un acte illégal. Je lui suggère de tourner la page et de s'occuper d'autre chose plutôt que de s'obstiner à refuser l'évidence, la mort naturelle de Riffaton.

Au commissariat, je croise Catherine qui part sur un cambriolage commis avenue Mozart. Elle a juste le temps de me demander si je n'ai rien appris de neuf dans notre affaire et si j'ai préparé la transmission au juge de la procédure. Je fais comme si je n'avais pas entendu ses deux questions. Elle n'insiste pas et se borne à me faire savoir qu'elle sera seule, ce soir. Cette perspective me réjouit.

Peu après, le téléphone tinte et je décroche.

« Bonjour, capitaine, c'est Florence Martin ; vous vous souvenez de moi ?

– Bonjour, commissaire. Je vous remercie encore une fois pour cet excellent déjeuner asiatique.

– Il y a longtemps que je n'ai pas eu droit à vos nouvelles. Tout se passe comme vous le souhaitez ? demande-t-elle.

– Oui, mais vous savez, commissaire, dans nos commissariats, la charge de travail, on n'en voit jamais le bout !

– Vous voulez insinuer par là que dans les directions centrales nous sommes tous des planqués ? dit-elle en riant, puis elle ajoute : Je ne veux pas vous faire perdre trop de temps, simplement savoir où vous en êtes de votre affaire. Y a-t-il eu du nouveau ?

– Pas vraiment.

– Vous avez au moins toujours le dossier en main ?

– Affirmatif, commissaire.

– Très bien. J'ai à vous communiquer une information confidentielle qui vous sera sûrement utile. Saviez-vous que madame Riffaton couchait avec son voisin de palier, celui qui a été cambriolé ? Intéressant, n'est-ce pas ? Voilà qui mériterait à l'évidence des investigations spéciales ! »

Elle raccroche.

Les nouvelles circulent vite !

Chapitre 33

La soirée, un peu fraîche, est cependant agréable. Catherine et moi nous promenons tranquillement au quartier Latin après avoir abandonné sa voiture rue Bonaparte, le long du commissariat du VIe arrondissement, et prévenu le planton que nous sommes de la maison.

Rue de l'Abbaye, elle me prend la main. Je l'embrasse tendrement au pied de l'imposante façade du palais abbatial de Saint-Germain-des-Prés, comme dans un film ancien, sous les réverbères de la charmante place Furstenberg, qui ressemble tant à un décor de cinéma.

Comme un adolescent qui s'ouvre à l'amour, je l'enlace devant la curieuse fontaine Saint-Michel, au milieu de jeunes marginaux qui dealent des cigarettes de cannabis afghan de préférence au marocain. Elle se laisse faire.

Elle dit vouloir dîner légèrement et sainement. Boulevard Saint-Germain, près de la rue de Bièvre où habitait François Mitterrand, non loin de l'admirable cloître des Bernardins heureusement préservé et magnifiquement restauré, le Phytobar nous accueille. Modeste restaurant macrobiotique, il est tenu par Alexandre, un Polonais reconverti dans les produits naturels. Les serveuses, rarement les mêmes, souvent belles, viennent de divers pays du monde. La salle du restaurant, elle, est à vous foutre le bourdon : les nappes sont en papier, les chaises dépareillées, rien qui vous incite au premier abord à vous arrêter. Mais, pour les amateurs de cuisine saine et légère, l'adresse est connue.

Je lui suggère de commencer par un jus de pomme, de pamplemousse et de muirapama qui, aux dires de la carte, favorise la tonicité des muscles et la forme sexuelle, puis de se laisser tenter, pour la suite, par une assiette macrobiotique accompagnée d'un caviar d'algues.

Nous parlons de tout et de rien, l'un et l'autre évitant soigneusement d'évoquer le boulot. L'observation des clients, « bobos » écolos qui se ressemblent tous, nous divertit. Nous essayons de deviner ce qu'ils font dans la vie.

Le patron, toujours pressé, tient aussi le magasin contigu, La Vie légère, spécialisé dans les produits bio. Il nous raconte avoir eu comme client Jacques Chirac qui, au cours d'une promenade dans le quartier, s'était arrêté pour prendre une bière bio à base d'épeautre. Il l'avait à ce point appréciée qu'il l'avait engloutie pratiquement d'un trait. Il rit encore à la vue des deux gardes du corps « se tapant un jus de carotte ! » Il espère revoir l'ancien Président qui, « lui, est sympa : on le regrette », ajoute-t-il.

Nous nous retrouvons chez Catherine, dans son studio du XVIIIe arrondissement. Nous passons la nuit à nous aimer. J'oublie tout dans ses bras. Nous écoutons, enlacés dans le noir, les chansons de Renaud et surtout de Balavoine, ses chanteurs préférés :

Ma gonzesse, celle que je suis avec,
ma princesse, celle que je suis son mec...

Danse avec moi si tu crois que ta vie est là
Je te veux si tu veux de moi...

Aimer est plus fort que d'être aimé...

Chapitre 34

Les hommes de la Brigade de répression et d'inter-
vention sont en place depuis un petit moment place de
l'Odéon, aux abords du restaurant La Méditerranée.
Deux policiers planquent depuis la fin de l'après-midi
à bord d'un sous-marin qui a l'apparence d'une camionnette d'EDF, garée au coin de la rue Racine ; un autre
policier se tient au volant d'un faux taxi arrêté à la
station ; deux autres fonctionnaires, un homme et une
femme, font semblant de se conter fleurette sur les
marches du théâtre.

Les fonctionnaires de la BRI exploitent un renseignement recueilli directement par le commissaire
divisionnaire Raoul Murat, patron de l'Office central
de répression du banditisme. Ce renseignement est
venu conforter les soupçons de la police judiciaire
sur les agissements frauduleux de Salvatore Civette,
considéré comme un parrain du milieu parisien. Les
policiers de l'OCRB l'ont observé, écouté, parfois
filé depuis plusieurs mois, et ont accumulé nombre
d'indices sur ses activités. Des investigations ont été
menées sur des investissements décidés par les sociétés où sa participation apparaît. Il s'agit de retrouver

sa trace dans les circuits de blanchiment de sommes importantes provenant de la délinquance.

Ces patientes recherches durent depuis plusieurs mois. Elles sont menées conjointement par les fonctionnaires de l'OCRB et ceux de la Brigade financière. Tous tentent avec minutie de reconstituer les circuits financiers afin de déterminer l'origine de fonds suspects.

Jusque-là, l'enquête piétinait, et la mise en cause formelle de Salvatore Civette restait difficile à établir. Heureusement, pour ces policiers et pour la justice, il n'est pas exceptionnel, même dans le monde de la délinquance, que la concurrence acharnée, les jalousies, rivalités, règlements de comptes, que se livrent certaines bandes aboutissent à délier des langues et libérer des secrets. On balance aux policiers des informations qui, sous couvert de l'anonymat, entrent dans la procédure judiciaire et justifient une interpellation.

« À tous, la cible se rapproche. À vous de jouer ! »

Salvatore Civette ne se doute de rien. Il ne peut pas se priver longtemps d'une bonne bouillabaisse, et celle de La Méditerranée compte parmi les meilleures que l'on peut savourer à Paris.

« Tu le vois ? demande l'un des policiers du sous-marin à son collègue du faux taxi.

– Affirmatif ! »

Des marches du théâtre, les éphémères amoureux mais vrais policiers se lèvent et, tendrement enlacés, se rapprochent du restaurant.

Soudainement, ils mettent fin à leur étreinte et encadrent Civette. Le policier sort de sa poche sa carte professionnelle et sa collègue exhibe son brassard orange sur lequel est inscrit en noir le mot *police*.

Surpris, le caïd n'oppose aucune résistance et ne tente pas de s'enfuir. Simplement, il demande :

« De quoi s'agit-il ?

– Police, nous vous prions de bien vouloir nous suivre. »

Les hommes du sous-marin, sortis de la pseudo-camionnette EDF, et leur collègue du faux taxi encerclent à présent Salvatore Civette.

« De quel droit vous m'arrêtez ?

– Nous agissons dans le cadre d'une commission rogatoire du juge d'instruction.

– Où me conduisez-vous ?

– Dans les locaux de l'Office central de répression du banditisme.

– Je veux prévenir mon avocat.

– Vous le ferez le moment venu, et dans nos locaux.

– Je ne suis pas obligé de vous suivre.

– Si, nous exécutons un mandat d'amener. Vous êtes bien Salvatore Civette ?

– Affirmatif.

– Alors, je vous demande de monter dans ce véhicule. »

Une voiture banalisée de la police s'arrête devant le restaurant, les fonctionnaires de la BRI font monter Civette à l'arrière, en compagnie de deux d'entre eux qui se placent de part et d'autre pour éviter tout risque de fuite. Le véhicule démarre aussitôt en direction des locaux de l'OCRB, suivi par le faux taxi et le sous-marin.

Lorsque, deux jours plus tard, en lisant *Le Parisien*, il apprend qu'« un caïd du milieu a été interpellé par la police et, après sa garde à vue, incarcéré en détention provisoire par un juge d'instruction du pool financier du tribunal de Paris », le Légionnaire esquisse un sourire de soulagement : il peut s'estimer momentanément rassuré.

Il profite de ce répit, qu'il sait provisoire et précaire, pour quitter Paris par le premier TGV à destination de Nantes, puis de Pornic, afin de retrouver son ami marin-pêcheur et s'embarquer avec lui pour la pleine mer.

Chapitre 35

Cela fait deux jours qu'à ma grande déception je n'ai pu rééditer ma voluptueuse nuit chez Catherine. Elle a pris sans m'en aviser une semaine de récupération. Pourquoi ne m'a-t-elle rien dit ?

Je rentre donc seul chez moi. Sur le chemin de mon domicile, marchant d'un bon pas – un vent frisquet souffle de plein fouet –, j'ai à nouveau l'impression d'être suivi. Pénible sensation que celle d'être épié par un regard indétectable. J'ai beau changer à plusieurs reprises de trottoir, regarder derrière moi, je ne décèle rien. Je tente de me raisonner, de rire de moi. Sans effet sur mon angoisse. L'absence soudaine et inexpliquée de Catherine ne fait qu'accroître mon désarroi.

Un bus s'arrête, j'y monte. Pourquoi ? Je ne sais même pas quelle est sa destination ni s'il va dans la direction de mon domicile ou s'en éloigne. Est-ce pour fuir ? Je descends à la station suivante. Attends, observe, scrute les passants. Rien. Je poursuis mon chemin, toujours aussi peu rassuré.

Une moto passe bruyamment. Par réflexe, je me voûte et m'abrite derrière la carrosserie d'une voiture. Un homme me croise, mon rythme cardiaque s'accélère. Je me sens ridicule. Savoir que j'ai peur accentue ma détresse. Je n'ai plus qu'une hâte : me réfugier chez moi.

Devant la porte de mon studio, j'introduis la clef dans la serrure : elle tourne à vide. Je ne comprends pas bien pourquoi, vérifie que je ne me suis pas trompé de clef en confondant avec celle de mon bureau. Non. J'essaie de nouveau en poussant la clef à fond. La porte s'ouvre enfin.

Je lance ma veste sur la chaise qui se trouve dans la petite entrée, me laisse tomber sur mon lit, dénoue ma cravate, ôte mes chaussures sans défaire mes lacets. Me lève, sors une bière du frigo et, dans la cuisine, la bois au goulot, pratiquement d'un trait. Je me calme, allume la télévision, c'est l'heure des informations. Il y a partout des drames. La journaliste se délecte à l'énumération de faits divers sordides, et un correspondant local verse dans un voyeurisme indécent en décrivant la mort d'un couple et de son enfant. Je change de chaîne ; un gringalet aux cheveux bruns devenus blonds, les bras tatoués, un anneau accroché au nez et un autre pendant à l'oreille gauche, braille et se trémousse alors qu'il est censé chanter. Je préfère ne pas continuer à regarder ce spectacle débile. Sur un autre canal, c'est la fameuse émission *Le Chemin de la sensation*, pour psychopathes et refoulés sexuels. J'éteins la télévision et m'installe à ma table pour travailler sur mon ordinateur, compagnon du parfait célibataire.

Il n'est pas à sa place habituelle.

Je demeure un moment sans bien comprendre ce qui m'arrive. Non, je ne rêve pas. Il s'agit d'un ordinateur portable sur lequel, chaque soir, l'esprit tranquille, je fais le point sur l'évolution des investigations et informations concernant les dossiers dont je suis saisi. J'y consigne aussi mes impressions personnelles.

Je m'assure que, sans avoir fait exprès, ou l'ayant oublié là, je ne l'ai pas laissé dans ma chambre. Il m'arrive parfois de m'en servir, affalé sur mon lit. Il n'y est pas, pas plus que dans la cuisine. Je reprends ma clef, vérifie la serrure ; elle a, semble-t-il, été crochetée. L'évidence s'impose : quelqu'un s'est introduit chez moi en mon absence et m'a dérobé mon ordinateur.

La femme de ménage – elle vient chez moi deux fois par semaine – me dit qu'elle l'a vu hier. J'appelle aussi le gardien pour savoir si on lui a signalé des cambriolages dans l'immeuble. Aucun, à sa connaissance.

J'informe le patron du vol dont j'ai été victime. Seul l'ordinateur a été dérobé. « Ce sont des petites bandes de drogués qui fauchent ce qui est facile à revendre », me dit-il d'un ton bénin.

Je ne comprends pas ce qui a pu motiver ce vol : l'ordinateur n'était pas spécialement performant, il avait dans les deux ans… À moins que les informations qu'il contenait intéressent au plus haut point une personne mise en cause dans quelque dossier ?

Chapitre 36

« Finalement, le seul dossier un tant soit peu sensible dont j'aie la charge est celui du pseudo-cambriolage de Bombomy, chaussée de la Muette. J'avais interrogé le député Riffaton qui, depuis lors, est décédé.

– Aviez-vous dans votre ordinateur personnel des renseignements confidentiels concernant ce dossier ? » me demande le patron que je suis allé voir dès mon arrivée au commissariat, ce matin.

« Non, rien de spécial. »

En fait, je ne lui confie pas que j'y résumais chaque entretien avec l'assistant de Riffaton. J'y avais récapitulé en particulier les informations qu'il m'avait transmises, et transcris la teneur de notre dernière conversation, celle du square Lamartine, où il m'avouait s'être introduit au domicile de madame Riffaton. J'y avais fait état de la procédure de divorce engagée par le député contre sa femme quand il avait su qu'elle était la maîtresse de Bombomy. J'avais aussi évoqué ma conversation avec la commissaire Martin, de la DCRJ. Il renfermait en outre mes doutes sur l'ancien gardien de l'immeuble, exécuté et retrouvé sous les rails du TGV, et surtout sur le patron de la Brasserie de la Muette. J'y avais également engrangé le récit du bizarre rendez-vous de la gare Montparnasse, et mon sentiment, acquis après coup, que la moto de mon interlocuteur non identifié, car il n'avait pas ôté son casque, était la même que celle du patron de la brasserie.

Concernant l'autopsie du député, je m'étonnais qu'un examen toxicologique n'eût pas été diligenté. En réalité, grâce à mon ordinateur, je gardais trace de tout ce que je ne pouvais pas inclure dans la procédure du juge. Cela portait plus sur les circonstances du décès du député que sur le cambriolage du voisin. Mais ce distinguo ne regardait pas le patron.

« Finalement, conclut-il, ce n'est pas trop grave. Dans votre ordinateur, il n'y avait donc aucune information sensible, pas le moindre renseignement ne figurant pas déjà dans la procédure…

– Exact.

– Une question, cependant… Quelles sont vos relations avec votre collègue Catherine Pillet ?

– Normales. »

J'espère qu'il ne décèle pas ma gêne, ni la couleur inhabituelle de mes joues.

« Tant mieux.

– Pourquoi ?

– Non, rien : il convient d'être prudent avec celles ou ceux de nos collègues qui aspirent à intégrer un service de renseignements. Il faut faire très attention à la confusion des genres. Quand on est en poste dans un commissariat, on n'est pas en fonction à la DGSE, ni à la DST ou aux RG… Nos collègues de ces services accomplissent un travail difficile, nécessaire et même indispensable. Je ne cesse de leur rendre hommage. Néanmoins, les flics travaillant dans les commissariats ne sont pas chargés de piller des informations qui se trouvent dans nos dossiers judiciaires et de les leur transmettre : c'est au patron que revient ce soin qui suppose beaucoup de discernement. Ils ne sont pas non plus chargés de raconter ce qui se passe dans les commissariats ; ils ne sont pas là pour faire de la délation.

– Cela vise Catherine ?

– C'est une remarque qui ne concerne aucun collègue en particulier. C'est une réflexion, fruit de mon expérience professionnelle. Vous, votre carrière dans la police est devant vous ; moi, mon avenir, consistera bientôt à remâcher mon passé, la retraite arrive… Vous aurez l'occasion de constater combien certains de nos collègues font la cour aux princes qui nous gouvernent pour progresser plus vite que la normale. »

Après un court silence, il ajoute :

« Ils espèrent devenir, au choix, et non pas à l'ancienneté, commissaires, et misent pour cela sur la politique. Chaque régime a eu ses courtisans, ses opportunistes. C'est la nature humaine, elle est loin d'être parfaite. »

Après une nouvelle courte pause, il poursuit :

« Nous, fonctionnaires de police judiciaire, ne sommes pas là pour participer à la comédie du pouvoir, mais pour contribuer à l'œuvre de justice et à la sécurité. J'ai été syndicaliste pour défendre nos collègues, mais je n'ai jamais été complaisant avec les politiques, ni n'ai cherché à leur faire la cour. Voilà, capitaine, ce que je voulais vous dire. J'apprécie votre intégrité, votre conscience professionnelle, votre indépendance d'esprit. C'est vrai, vous avez tendance à négliger la hiérarchie, mais c'est à la mode chez nos jeunes collègues, vous changerez et finirez par vous rendre compte que pouvoir s'appuyer sur ses supérieurs hiérarchiques n'est pas forcément une mauvaise chose. Allez, bon courage, et bonne chance ! »

Il se lève et me serre la main. Je jurerais même qu'il a envie de m'embrasser.

Je le remercie pour sa confiance, ses encouragements et ses conseils.

Plus tard, j'apprendrai par mon collègue syndicaliste qu'on a fortement conseillé au patron de solliciter une retraite anticipée : la police n'en veut plus et n'a plus besoin de lui. « On le jette aux ordures », me dira-t-il, et il ajoutera : « L'éternel slogan "Place aux jeunes !" a de nouveau frappé au ministère qui, pour des raisons de haute stratégie, entend pouvoir annoncer rapidement l'embauche de très nombreux policiers : cela rassurera nos concitoyens, inquiets de l'augmentation régulière du sentiment d'insécurité. Pour que ce soit le moins douloureux possible pour les finances publiques, on vire plus rapidement les anciens… »

Chapitre 37

Encore surpris par les paroles du patron, je me demande pourquoi il m'a fait ces allusions à propos de Catherine. Même s'il s'en est défendu, c'est bien elle qui était visée. Est-il jaloux de nos relations ? En face de moi, il déblatère sur elle, comme il a dû médire de moi devant elle. Vengeance d'un vieux qui, renfermé sur lui-même, envie le succès des autres et ne supporte pas leur bonheur ?

Voulait-il insinuer autre chose ?

Ses critiques sur ceux de nos collègues qui se servent de leurs relations politiques pour grimper plus vite dans la hiérarchie ou obtenir des postes particuliers sont malvenues de sa part. Serait-il parvenu à ce poste de patron du commissariat, inespéré au regard de sa paresse et de ses faibles compétences, s'il n'avait été un syndicaliste comme le pouvoir les aime, c'est-à-dire complaisant et manipulable ?

Les pieds calés sur ma table, je n'arrive pas à m'intéresser à mon travail. Je ne cesse de ressasser les propos du patron, de repenser à ces jalousies et à ces règlements de comptes qui dressent les uns contre les autres. Je sais qu'il n'apprécie pas ma collègue du fait que son père était un grand flic plus respecté que lui, qu'il a laissé un nom dans la police ; lui, on ne se souviendra plus de son passage chez nous dès le lendemain de son départ à la retraite. Le père de Catherine, après la police nationale, a trouvé un poste très bien rémunéré comme responsable de la sécurité à la SNCF ; lui, malgré ses efforts et son démarchage systématique de grandes sociétés, n'a toujours rien débusqué.

Pourquoi ce vol de mon ordinateur ? Qui a pu s'introduire chez moi en forçant ma porte ? Pourquoi Catherine ne revient-elle pas, alors que j'ai besoin d'elle ? L'appeler serait avouer ma fragilité face aux épreuves. Tout est devenu sombre autour de moi ; dommage que je ne sois pas comme ces oiseaux nyctalopes qui ont la faculté de voir dans le noir.

Le téléphone retentit. Dès les premiers mots de mon interlocuteur, je reconnais la voix de l'assistant parlementaire de Riffaton. Par charité policière, je m'abstiens de raccrocher, mais il commence vraiment à me les briser menu, à se prendre pour Sherlock Holmes ou Maigret !

« Commissaire… pardon, capitaine. Je sais que vous ne voulez plus me croire, mais écoutez-moi deux minutes. J'ai découvert des informations on ne peut plus intéressantes. Il était…

– Qui ça, *il* ?

– Riffaton, évidemment.

– Continuez !

– Oui, et je vais dénicher la vérité là où elle se trouve ! Je continue : Riffaton était très lié et depuis longtemps à un certain Paul Robin. Il l'appelait le Colonel, parce qu'il avait servi dans la Légion. Eh bien, il l'a mis en relation…

– Qui ça, *il* ?

– Décidément, aujourd'hui, vous avez du mal à percuter ! Le colonel légionnaire a fait connaître à Riffaton Maurice Jietrio…

– Et alors ?

– Il y a quelque temps, la presse a indiqué que Jietrio, *alias* le Grand Maurice, avait été abattu d'une balle dans la tête…

– Et alors ?

– Le Grand Maurice, puis Riffaton !

– Vous lisez trop de polars !

– Je n'ai pas terminé. J'ai aussi découvert qu'un autre truand avait été assassiné, mais j'ai oublié son nom, je me souviens que c'était au bois de Boulogne. Renseignez-vous…

– Il n'en est pas question.

– Je vous livre un autre scoop : Salvatore Civette…

– Qui ?

– Le caïd mafieux qui vient d'être arrêté place de l'Odéon. Eh bien, j'ai trouvé son nom dans les papiers de Riffaton, ils se connaissaient. Vous voyez : l'étau se resserre. Vous devriez l'interroger. Je suis certain qu'il est dans le coup ! »

Ce pauvre garçon affabule complètement, c'est le mythomane parfait. Il a vu dans le journal que Salvatore Civette avait été interpellé, que c'était un truand avéré, et il l'a intégré à son histoire. Et il continue à me sortir des noms qui ne me disent pas grand-chose : Arnault de

Meyer, à qui Riffaton aurait obtenu une carte d'accès au palais Bourbon ; Nicolas Destournot, un ancien collègue… Je me demande si, en réalité, il ne cherche pas à se venger en mettant ainsi en cause tous ces individus disparus ou vivants. Il ajoute :

« Je viendrai demain faire une déposition officielle. Au cas où il m'arriverait quelque chose, vous aurez ainsi une trace de mes découvertes, la preuve que Riffaton a été éliminé, assassiné. Il y a eu complot contre lui. Il fallait éviter qu'ils ne se mettent tous à parler et accréditent l'idée que l'exécution de Claude Riffaton était programmée.

– Arrêtez donc de divaguer, prenez des vacances !

– Je suis viré de l'Assemblée.

– Pourquoi ?

– Parce que je suis trop curieux.

– Ça n'est pas tout à fait inexact…

– Le suppléant de Riffaton, devenu député, m'avait assuré qu'il me conserverait comme attaché parlementaire. Il a changé d'avis.

– Il vous a donné les raisons ?

– Oui, il m'a dit ne pas avoir besoin autour de lui de fouille-merde, pour reprendre son élégante expression… Alors, avant de partir, je viens au commissariat. D'ailleurs, vous devriez interroger un peu madame Riffaton et son amant : je suis persuadé qu'ils ont ce meurtre sur la conscience. Voilà : vous me verrez demain pour la dernière fois, et après, vaille que vaille ! Salut, commissaire… pardon, capitaine ! »

Chapitre 38

« Mon petit cœur va bien ? A-t-il été sage en mon absence ? Je suis revenue plus rapidement que prévu, rappelée par les devoirs de ma charge, comme on dit dans les hautes sphères, me lance Catherine en débarquant, tout sourire, au commissariat après son absence.

– Quels sont-ils, ces devoirs ?

– M'occuper de toi, mon petit cœur. À part ça, rien de particulier à signaler. »

Je lui rapporte succinctement ma conversation avec le patron. Sa conclusion est sans nuances :

« C'est un con jaloux et envieux, je vais lui foutre une baffe ; de quoi se mêle-t-il, ce vieux rabougri ? Je t'aime, c'est tout. En dehors de ces élucubrations vengeresses, notre assistant parlementaire qui se prend pour Zorro a-t-il de nouveau sévi ?

– Il rapplique demain pour me raconter officiellement tout ce qu'il sait. Il affirme toujours qu'il y a eu complot et que Riffaton a été liquidé. Il m'assure en avoir les preuves. Mais il n'a pas encore voulu me confier qui est l'auteur de cette exécution.

– Il délire donc toujours. Sa convalescence n'est pas terminée. J'espère qu'il n'est pas trop contagieux. Tu as naturellement refusé de prendre sa déposition ? Cela n'a rien à voir avec le cambriolage ! m'ordonne-t-elle d'un ton ferme et courroucé.

– Comment faire ? Il dit aussi savoir qui est l'auteur du pseudo-cambriolage de l'appartement de Bombomy.

– Peu importe : tu le vires vite fait, ou alors tu es absent demain matin. Tu ne vas pas te laisser bouffer le foie par ce petit bonhomme de rien du tout, ce fouille-merde de seconde zone, ce minable parano ! Si j'ai un conseil à te donner, boucle rapidement ce dossier sur le cambriolage, renvoie-le au juge, et c'est à lui de s'en dépatouiller ! »

Nerveuse et sans m'embrasser, fût-ce furtivement, elle tourne les talons et quitte mon bureau.

Chapitre 39

Au premier étage, dans son bureau de l'hôtel de Lassay, le président de l'Assemblée nationale s'entretient avec le secrétaire général de la présidence. Il l'a fait venir juste après que le ministre de l'Intérieur lui a indiqué par téléphone que ses services lui avaient fait parvenir une *note blanche* indiquant que l'ancien assistant parlementaire de Riffaton avait pris contact avec des journalistes travaillant pour *Le Canard enchaîné*. Il tenterait de les convaincre que Riffaton a été assassiné, que le gouvernement cherche à éviter qu'une instruction judiciaire soit ouverte et un juge d'instruction désigné pour instruire l'affaire.

Pour donner plus de crédit à ses soupçons, l'ex-collaborateur parlementaire demanderait à ses interlocuteurs journalistes de s'interroger publiquement sur l'attitude du gouvernement, et de poser officiellement les deux questions suivantes : Pourquoi l'autopsie du député a-t-elle été réalisée par l'assistant du chef de service de l'Institut médico-légal et non par le chef de service en personne ? et pourquoi un examen toxicologique de ses viscères n'a-t-il pas été diligenté aux fins de vérifier si le député n'avait pas été empoisonné ?

Les services spécialisés précisaient aussi au ministre – mais il n'en a pas fait état au président de l'Assemblée nationale – que l'assistant parlementaire de Riffaton devrait prochainement être auditionné par un enquêteur de la police judiciaire dans le cadre d'une commission rogatoire d'un juge de Paris portant sur le cambriolage commis au domicile du voisin du député. Et la note confidentielle d'ajouter : « Il est à craindre qu'à cette occasion il ne fasse des déclarations sur l'origine du décès du député. »

Le président interroge :

« Au cas où il s'avérerait que Riffaton ne serait pas décédé de sa belle mort…

– … où il aurait donc été assassiné…, ajoute le secrétaire général, qui aime bien la précision.

– C'est cela… dans ce cas-là, pensez-vous que le meurtrier ait pu s'introduire dans l'enceinte du palais Bourbon sans que l'on s'en soit aperçu ?

– Difficile de vous répondre. Si cette hypothèse se confirmait, cela démontrerait que nos filtrages ne sont pas efficaces. Mais tant qu'il n'a pas été établi que l'assassin venait de l'extérieur et ne faisait pas partie de la maison, nos contrôles sont réputés performants…

– C'est une évidence, et Monsieur de La Palice n'est pas loin, interrompt le président, agacé d'entendre le secrétaire général s'adonner à la pirouette administrative, équivalent de la langue de bois chez les politiques. Y a-t-il eu des précédents, des cas où des personnes non autorisées se seraient introduites dans le palais ?

– Rarement. En 2002, un individu est parvenu jusque dans l'hémicycle, il est même monté à la tribune alors que le Premier ministre parlait. Il lui a remis une coupe. C'était un dérangé mental...

– Il avait franchi tous les contrôles sans jamais être interpellé : vous avez raison, je m'en souviens. J'avais même, à l'époque, raillé l'efficacité de la sécurité...

– Monsieur le président..., insiste le secrétaire général, toujours prompt à défendre le personnel, nous étions au début d'une nouvelle législature, les huissiers ne connaissaient pas tous les députés qui siégeaient pour la première fois. Et nous pensons que ce fou avait bénéficié de la complicité d'un élu pour s'introduire à l'intérieur du palais.

– Peut-être a-t-il eu un complice, mais, une fois dans la place, il a su se débrouiller tout seul pour arriver jusqu'à l'hémicycle et monter à la tribune ! Il y a d'autres cas ?

– Après, non, c'est à partir de ce moment que votre prédécesseur a fait procéder par la police nationale à un audit de sécurité. Ses conclusions n'étaient pas très satisfaisantes. Il a donc décidé de généraliser les portiques de sécurité, de "badger" les agents, huissiers et assistants parlementaires, et de réduire considérablement le nombre des autorisations d'accès aux salles donnant sur l'hémicycle. Les assistants parlementaires ont alors hurlé, mais il a tenu bon et a eu parfaitement raison. »

Le président, qu'exaspère le rappel de l'action de son prédécesseur – il l'a toujours détesté – est aujourd'hui encore plus horripilé quand un fonctionnaire de l'Assemblée porte sur elle un jugement positif. Il interrompt sèchement le secrétaire général :

« Y a-t-il d'autres cas d'intrusion extérieure ? » insiste-t-il, percevant que le secrétaire général ne se sent pas très à l'aise sur ce terrain et voudrait bien qu'il en vienne à l'essentiel : la fixation de l'ordre du jour du prochain bureau, et celui de la conférence des présidents dont la séance hebdomadaire a lieu le lendemain. Il sait que le président du groupe majoritaire, toujours prompt à ne s'intéresser qu'à sa propre partition politique, a l'intention, devant les présidents des groupes parlementaires d'opposition, d'y interpeller le président de l'Assemblée. Avec délectation, ces derniers rapporteront ensuite aux journalistes, avides de ces informations qui dramatisent la vie parlementaire, les divisions qui règnent à l'Assemblée, au sein de la majorité politique.

« Oui, je me souviens d'un autre cas, précise le secrétaire général, heureux d'étaler sa connaissance des annales du Parlement. Les circonstances n'étaient cependant pas les mêmes qu'aujourd'hui, et la disposition des lieux, bien différente.

– C'est-à-dire ? interroge le président.

– En 1880, deux personnes, dont un député temporairement exclu de la Chambre, s'introduisirent dans le palais Bourbon par le bureau de poste qui donnait directement sur la rue. Je n'ai pas d'autres cas en mémoire...

– Actuellement, il en va toujours ainsi : on peut pénétrer dans le palais par la rue Aristide-Briand...

– Certainement, mais nous avons pris là aussi des mesures de sécurité. La porte n'est pas ouverte en per-

manence, et elle est surveillée au moment où le four-
gon postal stationne devant.

– Tant mieux, conclut le président avant d'ajouter :
En ce qui concerne l'ancien assistant de Riffaton, j'ai
convaincu le remplaçant du défunt de foutre à la porte
ce fouille-merde de première classe. Je ne veux plus
le voir traîner dans l'enceinte du palais. Nous n'allons
pas continuer à subir les foucades vengeresses de ce
connard prétentieux ! Je vous demande de veiller à ce
que son badge d'accès lui soit immédiatement retiré,
et de me le foutre à la porte avec mon pied dans le
derrière… Il est capable, dans son délire irresponsable,
de faire un esclandre dans l'hémicycle ou dans la salle
des Quatre Colonnes, en plein devant les journalistes.
Pour le reste, l'ordre du jour du Bureau et celui de la
Conférence des présidents peuvent attendre. »

Ce n'est certes pas l'avis du secrétaire général, mais
il a compris qu'il ne fallait pas insister pour l'instant.

Chapitre 40

« Je vous en prie, mes chers collègues, calmez-vous, laissez l'orateur s'exprimer ! s'exclame le président.

– Mais sa question est indécente ! crie Bruno Pelletier, député des Hauts-de-Seine.

– Pas vous, et pas ça ! » réplique d'une voix forte son collègue Vuitton, élu du Pas-de-Calais.

Le président de l'Assemblée nationale a bien des difficultés à apaiser ses collègues afin qu'ils laissent s'exprimer l'orateur de l'opposition, qui interpelle le gouvernement sur les raisons de l'ordre donné au procureur de la République de Paris de ne pas saisir un juge d'instruction pour enquêter sur les causes du décès de Claude Riffaton.

« Oui, Monsieur le Premier ministre, aucune instruction judiciaire n'a été ouverte, aucun juge indépendant ne pourra accéder au dossier et connaître la vérité. Or nous la voulons, cette vérité, pour la mémoire de notre collègue !

– Hypocrite, vous devriez avoir honte ! s'époumone Aurélie de Podensac, députée de la Gironde et baptisée « la marquise » par les huissiers de séance.

– Hypocrite ! hypocrite ! reprennent en chœur plusieurs députés de la majorité que les sténographes qui retranscrivent les débats pour le *Journal officiel* ont du mal à identifier.

– Jésuites vous-mêmes ! rétorque de sa voix stridente Jeannine Lamin, élue d'opposition du département du Nord et appelée du sobriquet de « pétuleuse » par les mêmes huissiers.

– C'est honteux, votre indécence me fait gerber ! hurle de sa voix de stentor le turbulent député de la Creuse Jean Leclair. Son voisin et complice pour crier à qui mieux mieux lors des séances des questions, le député de l'Oise Victor Craquelin, vocifère autant qu'il peut.

– Je persiste à poser ma question, Monsieur le Président, et je me rends compte qu'elle gêne mes collègues de la majorité. Auraient-ils peur de la vérité ?

– Oui ! oui ! renchérissent ensemble bon nombre de députés de l'opposition.

– Très bien ! très bien ! » clament les célèbres Maxime Brémetz et Jean-Pierre Bar.

L'orateur continue, en vieux routier des débats parlementaires, et ne se laisse pas déstabiliser par toutes les invectives.

« Nous voulons savoir pourquoi l'autopsie a été bâclée. Pourquoi elle a été réalisée par un jeune assistant inexpérimenté. Pourquoi aucune audition des membres de l'entourage de notre collègue décédé n'a été diligentée. Bien d'autres questions se posent, notamment celle-ci : Avez-vous si peur de la vérité que vous preniez la responsabilité d'une parodie de justice ? Enfin, et j'en terminerai par là…

– Voilà une bonne nouvelle ! » hurle à nouveau le député Bruno Pelletier sans parvenir à perturber l'orateur de l'opposition qui pose une nouvelle question au Premier ministre.

« Y aurait-il des situations où la vérité peut être recherchée, et pas d'autres… ?

– Faites-le taire ! » lance le député Pelletier, décidément hors de lui, à l'intention du président de l'Assemblée qui lui adresse des signes tangibles d'impatience.

« Oui, poursuit l'orateur de l'opposition, lorsqu'un sénateur décède, comme ce fut le cas récemment – il est vrai ce n'était pas dans l'enceinte du palais du Luxembourg, mais à l'étranger, et parce qu'il y avait des doutes sur les circonstances de sa mort –, une information judiciaire a été ordonnée en France, et tous les examens et analyses décidés dès le retour du corps. Dans la situation d'aujourd'hui, où notre collègue meurt dans des conditions suspectes au sein même du palais Bourbon, l'on refuse toute investigation sérieuse. Oui, vous craignez la vérité ! Mais elle s'imposera ! »

Le brouhaha dans l'hémicycle est général, les uns invectivant les autres qui répliquent en les injuriant. On entend ici ou là des « Tricheurs ! Menteurs ! Manipulateurs ! » Les journalistes, ravis de ces incidents qui vont leur permettre de nombreux commentaires, se sont levés dans les tribunes du second étage pour mieux observer la pagaille qui règne dans les travées où l'on est près de s'empoigner.

Le président tente sans résultat de rétablir l'ordre. Il crie, invoque le règlement de l'Assemblée. Finalement, il fait retentir la cloche qui se trouve à sa droite.

La ministre de la Justice se lève.

Bruyante indignation de nombre de députés de l'opposition qui clament en chœur : « La question était posée au Premier ministre », puis, à l'intention de celui-ci : « Courage, fuyons ! » Ils sont relayés par les applaudissements de plusieurs membres de la majorité. Faisant comme si ces vociférations ne la dérangeaient pas outre mesure, de sa voix péremptoire, la garde des Sceaux déclare : « Le gouvernement actuel n'a pas peur de la vérité, ce ne fut pas toujours le cas dans le passé quand, mesdames et messieurs les députés de l'opposition, vos amis étaient au pouvoir. Ne m'obligez pas à vous rafraîchir la mémoire. Allons, un peu de décence ! » Et elle regagne sa place. Les députés de la majorité se sont pratiquement tous levés pour l'ovationner. Ceux de l'opposition hurlent : « Réponse nulle et indigne ! » et quittent l'hémicycle sous les quolibets de leurs collègues. Les huissiers de séance se sont déployés devant les bancs des ministres pour éviter tout incident.

« La séance est levée. Reprise de nos travaux dans une heure », annonce le président de l'Assemblée, épuisé mais heureux d'en avoir fini avec cette séance des questions au gouvernement.

Il descend du perchoir et disparaît.

Chapitre 41

L'entretien entre Ludovic Brunot et le secrétaire général débute courtoisement. Le premier fonctionnaire de l'Assemblée nationale reçoit, comme le lui a demandé le président, l'ancien collaborateur du député Claude Riffaton, mais, contrairement aux consignes reçues, il ne se montre pas brutal avec lui.

« Ne vous laissez pas bourrer le mou par cet énergumène malfaisant et virez-le-moi avec pertes et fracas, et mon pied dans le derrière et autre part s'il le faut. Je ne veux plus le voir traîner dans le palais. » Tels étaient les ordres, auxquels s'ajoutait le codicille suivant : « Faites en sorte qu'il renonce à rencontrer des journaleux de second rayon et à aller bavasser avec un petit flic en mal de gloriole. »

Pour en arriver à cette conclusion, une interprétation intelligente et bien élevée desdites instructions était préférable aux yeux du secrétaire général. Il reçoit donc Ludovic Brunot avec toute l'urbanité onctueuse dont il est capable. Il commence par évoquer la mémoire du député : un parlementaire exemplaire. Même s'il n'en pense pas un traître mot, il estime que c'est une bonne entrée en matière.

Ludovic Brunot regarde discrètement par la fenêtre du bureau la statue de Montesquieu par Achille Dumilâtre qui domine le petit jardin dit des Quatre Colonnes. Il se doute bien que le secrétaire général ne l'a pas convoqué pour faire l'apologie du défunt. Il attend donc la suite des événements. Elle arrive rapidement. Fatigué après la séance houleuse à laquelle il a assisté au perchoir, assis derrière le président, le secrétaire général ne peut se contenir plus longuement.

« Vous ne pouvez plus venir au palais Bourbon traîner dans les couloirs. Vous devez me restituer votre badge.

– Le voici.

– Évitez d'aller jacasser devant les journalistes, vous n'avez rien à y gagner, cela finira par vous coûter très cher, et ne vous rapportera que de graves déconvenues. Vous ne voyez donc pas que dans cette affaire vous n'êtes qu'un jouet, un pantin ? Redescendez sur terre !

– Monsieur le secrétaire général, vous n'avez pas à me dicter mon devoir. Je suis assez grand pour savoir où il se trouve. Je suis persuadé que Claude Riffaton n'est pas décédé de mort naturelle. Il aurait été préférable pour tout le monde qu'un juge d'instruction soit saisi pour rechercher les causes de sa disparition. Nous n'avons rien d'autre à nous dire. »

Il se lève et quitte le bureau sans ajouter un mot.

Peu après, il s'installe non loin du palais Bourbon, boulevard Raspail, près de la statue du capitaine Dreyfus. Il détaille l'œuvre de Louis Mitelberg dit « Tim » commandée par l'État, pour honorer celui qui fut victime de l'injustice de la justice. Puis il transcrit tranquillement sur de grandes feuilles de papier blanc ses interrogations, ses doutes, mais aussi ses convictions voire ses certitudes, sur les causes de la mort du député Claude Riffaton. Il ne cache pas les éléments d'information qu'il a pu glaner sur la personnalité de celui qui fut son patron.

Il est toujours persuadé, comme il ne cesse de le clamer, que la mort de Claude Riffaton n'est pas naturelle. A-t-il été contraint d'absorber des substances mortelles ? est la question qu'il pose à la fin de ces deux feuillets. Ajoutant que l'autopsie toxicologique pourrait encore répondre à cette interrogation.

Il avise la première papeterie, rue de Rennes, procède à plusieurs photocopies, place chacune d'elles dans une enveloppe timbrée, les poste dans deux boîtes aux lettres différentes. La dernière, il l'expédie du bureau de poste central afin qu'elle arrive la première. Elle est destinée à la seule amie qu'il ait dans la police, la commissaire Florence Martin.

Il se sent désormais libéré, heureux d'avoir agi comme il le devait. Il marche le long du boulevard Saint-Germain, insouciant. Son portable se met à vibrer dans sa poche.

« Cher ami, je me suis un peu énervé, tout à l'heure, il ne faut pas m'en vouloir. En fait, j'ai une proposition à vous faire : puisque vous n'avez plus de travail, je vous offre un contrat pour nous représenter auprès de l'Assemblée du Québec. Nous avons un accord avec elle et affectons là-bas pendant un an ou plus l'un de nos meilleurs fonctionnaires. Je vous suggère d'aller rejoindre celui qui s'y trouve actuellement...

218

– Merci, monsieur le secrétaire général, pour votre proposition. Vous voulez m'expédier très loin. Pratique bien connue : n'a-t-on pas envoyé ainsi un collaborateur gênant, il n'y a pas si longtemps, dans un consulat aux États-Unis ? Non, merci ! »

Face à ce refus, le secrétaire général laisse à nouveau éclater son irritation : il traite Ludovic Brunot d'irresponsable, de malfaisant, de dangereux personnage. Il lui promet, pour terminer, de s'occuper personnellement de son avenir pour qu'il n'en ait point.

Il continue à déambuler tranquillement le long du boulevard. Il détaille la statue de Diderot, puis celle de Danton édifiée à l'emplacement où, sous la Révolution, s'élevait sa maison. Il lit l'extrait du discours prononcé par Danton à la tribune de l'Assemblée législative, le 2 septembre 1792 et gravé sur le socle de la statue : « Pour vaincre les ennemis de la Patrie, il nous faut de l'audace, encore de l'audace et toujours de l'audace ! »

Serein, apaisé, il profite du présent, ne se préoccupe pas encore de son avenir, ne pense plus pour l'instant au passé. Il est nulle part et ailleurs. Il l'est au point de ne même pas se rendre compte qu'il pourrait se trouver en danger.

Une moto passe. À sa hauteur, le conducteur ralentit. Le passager regarde dans sa direction. Il n'y prête aucune attention, tout à l'observation d'une femme qui s'approche de lui. Elle tient la main droite dans la poche de sa veste. Elle arrive à sa hauteur, se tourne vers lui, le regarde et l'interpelle :

« Arrêtez de me détailler, je ne suis pas à vendre !

– Moi, je suis à acheter », réplique-t-il avec le sourire et en poursuivant sa promenade, tout étonné de son audace.

Chapitre 42

Depuis plusieurs jours, je savais que je devrais à nouveau auditionner la veuve du député. J'en différais chaque fois le moment. Pourquoi ? Je ne sais pas. Peut-être par crainte de m'enfoncer encore un peu plus dans cette affaire incompréhensible et glauque ? Mais, à présent, je dois m'y résoudre, mon seul désir étant de clôturer rapidement mes investigations et de transmettre le dossier au juge d'instruction.

C'est le conseil que m'a prodigué ma collègue Catherine, et, après les informations fournies par l'ancien assistant de Riffaton, qu'il doit officiellement confirmer, il n'y a pas d'autre solution.

Les échos de la séance de l'Assemblée nationale m'incitent à conclure au plus vite. Pour ce faire, je vais déposer moi-même la convocation destinée à madame Riffaton.

En me voyant arriver, le gardien s'écrie :

« Quel bon vent amène le commissaire… ? »

Décidément, personne n'arrive à retenir mon grade… Le gardien ne me laisse pas le temps de rectifier son erreur, il me serre la main et poursuit :

« Ça bouge, dans l'immeuble ! Madame Riffaton a viré sans ménagement le collaborateur de son mari. Il a eu chaud aux fesses : il a descendu l'escalier à toute vitesse, poursuivi par monsieur Bombomy qui criait "si je t'attrape, je te casse la gueule !" C'était chaud.

– Vous me l'avez déjà raconté.

– J'avais oublié, j'ai plus de mémoire, avec tout ce bordel. C'est pas tout, commissaire…

– Capitaine !

– Oui, c'est très chaud, je vous fous mon billet que ça va péter entre eux. Ils ne s'entendent plus, ils n'arrêtent pas de se crêper le chignon.

– Qui cela ? »

J'ai bien compris de qui il s'agit, mais je tiens à le lui faire préciser.

« Ben, madame Riffaton et monsieur Bombomy. Les scènes se passent sur le palier. Tout le monde est au courant, ça fait rigoler. Il faut dire qu'il n'y en a pas d'autres comme eux. Lui pique de ces colères, il démarre au quart de tour et monte tout de suite en surmultiplié. Elle, elle est dingue et de plus en plus azimutée…

– Quoi ?

– Ben, folle, hystérique, vous voyez. Fêlée, givrée, si vous préférez. Je comprends qu'il en ait sa claque. Elle est grave ! Elle a même refusé de parler à la fille de monsieur Riffaton.

– Il a une fille ?

– La pauvre, elle m'a parlé, elle était toute chamboulée. Angélique, qu'elle s'appelle. Sa belle-mère ne veut pas lui adresser la parole. Elles sont fâchées.

Angélique est mariée, à ce qu'elle m'a raconté. Elle vit aux États-Unis, d'après ce que j'ai compris. Elle m'a dit qu'elle allait repartir sur-le-champ.

– Quel est son nom ?

– Angélique Riffaton.

– Son nom de femme mariée ?

– Elle ne me l'a pas dit.

– Vous a-t-elle donné son adresse à Paris ?

– Non.

– Voici une convocation à remettre de ma part à la veuve du défunt.

– Encore quelque chose d'important ?

– Une formalité.

– Je préfère. Si ça continue longtemps comme ça, ça risque d'être aussi animé que sur la piste des Vingt-Quatre Heures du Mans ! »

Je le laisse à l'évocation de ses bolides et passe prendre un café à la Brasserie de la Muette. J'y apprends que le patron est parti.

« Il a changé de crèmerie, me dit le garçon campé derrière le zinc. Il est parti pour Nice », me précise-t-il ; et, avec une colère qu'il ne souhaite pas trop manifester mais qui est réelle, il ajoute : « Avec la concentration de zozos qu'il y a là-bas, il n'aura pas à faire travailler ses méninges ni à se casser la nénette pour truander le fisc, ne pas payer les charges sociales et régler son personnel au noir. Le bouquet final, c'est pour nous, pauvres cloches ! Franchement, des patrons comme lui, j'en ai pas vu souvent, et n'en souhaite à aucun collègue. Il ne faisait que nous aboyer dessus, pas moyen de discuter. La loi, c'était la sienne, point final. "Circulez, il n'y a rien à voir !" hurlait-il en permanence. »

Mettant à profit son état d'esprit vis-à-vis de son ex-employeur, je l'interroge sur Tintin :

« Vous voulez parler de "Tintin la riflette", l'ancien gardien de l'immeuble d'en face ?

– Affirmatif.

– Un cas, celui là. Grave, lui aussi. Ni bonjour ni denier du culte au serveur, rien de chez rien ! En plus, le patron lui offrait toutes ses consommations, il buvait gratis. Il aurait pu une fois ou deux allonger un petit billet pour le service, ça fait toujours plaisir. Peau de bique, jamais un encouragement à bien travailler ! Pendant un temps, il est venu régulièrement, discutait avec le patron ; ils étaient copains comme cochons. Puis il a disparu : envolé ! Je ne l'ai plus revu. J'en sais pas plus. Le patron ne se confessait pas à nous. »

Je le laisse à son amertume et à sa colère, et retourne au commissariat où je retrouve Catherine.

« Tout se déroule comme tu veux ? m'interroge-t-elle avant même de m'embrasser. Quoi de neuf ?

– Rien, si ce n'est que j'ai appris que Riffaton avait une fille d'un premier mariage.

– Oui, et alors ?

– Il faudrait peut-être l'interroger.

– Ça servirait à quoi ? Elle ne vivait pas avec son père.

– Non, elle serait mariée à un Américain et habiterait aux États-Unis.

– Elle n'a donc rien à voir dans cette affaire, et n'est d'aucune utilité pour tes investigations. Permets-moi de te rappeler, dans ton intérêt, l'objet de ta commission rogatoire : à savoir le cambriolage au domicile de Pierre Bombomy. Il ne servirait donc à rien d'auditionner la fille Riffaton. Crois-moi, je te le dis avec toute l'affection que j'ai pour toi : ne t'entête pas, renvoie vite fait la procédure au juge. »

Chapitre 43

Le Canard enchaîné de ce matin est en parfaite conformité avec sa ligne politique de cet hebdomadaire. Opposé par principe au pouvoir, quel qu'il soit, il ne ménage pas celles et ceux qui en sont les dépositaires. Il est contre tout, par réflexe, critique tout, par tradition, dénonce tout, pour satisfaire ses lecteurs.

Avec l'affaire Riffaton, ses collaborateurs donnent libre cours à leur imagination critique, ils fustigent les séquelles de « la monarchie absolue mais pas très éclairée » qu'imposerait, selon eux, le président de la République. Il ne veut pas « de ministres, mais des serviteurs, des courtisans. Il ne recherche pas leur compétence, mais à faire de grosses prises dans le camp de l'opposition. Il est l'expert incontesté de la pêche au gros ». Mais, écrit un journaliste, « il vient de tomber sur une arête : la mort mystérieuse du député Riffaton ! ».

Et l'article, ainsi annoncé en gros caractères en une, s'étale sur deux pages à l'intérieur du journal. Reprenant très largement, sans jamais le citer, les interrogations de Ludovic Brunot, il laisse entendre qu'à trop vouloir étouffer les conditions de la mort du député, le Président est responsable d'un scandale d'État.

Cet article a beaucoup plus de résonance médiatique et politique que n'en a eu le débat à l'Assemblée nationale. Nombre de journalistes qui n'osent point trop déplaire au pouvoir reprennent les informations du *Canard*. Se déclenche, de ce fait, une vague de suspicion qui déferle sur toute la classe politique et entraîne la marée du scandale.

Le Président s'agite, s'en prend vivement à ses collaborateurs, les traite d'incapables. Le Premier ministre, que le Président n'appelle pas au téléphone, ne se départ pas d'une prudence silencieuse. Il attend le reflux. Le ministre des Relations avec le Parlement se fait traiter de tous les noms, et des moins élogieux, par le Président, de même que la garde des Sceaux. Elle se tourne vers son directeur de cabinet qui n'y peut rien et qui désigne comme cible le procureur de la République, lequel s'en prend au directeur de la police judiciaire qui, lui, fait part de son mécontentement à mon patron. Et, naturellement, tout retombe sur moi.

Il me reproche de ne l'avoir pas suffisamment informé des conséquences de la mort de Riffaton : il aurait pu faire remonter les informations nécessaires. J'ai beau lui rappeler que je ne suis pas saisi d'une procédure aux fins de déterminer les causes de la mort du député, mais seulement d'enquêter sur un cambriolage survenu chez le voisin du député, je ne le convaincs qu'à demi.

L'audition de madame Riffaton tombe à point nommé pour – c'est mon souhait, compte tenu des développements politiques et médiatiques de l'affaire – me permettre de clôturer le dossier et le transmettre au juge.

p....-m....-....-.... .-. ....-..-.... .-. .... p....-.... .... .-.... ....-.... p..-.... ..-.... .-. ....-.... ..-.... ....-.... ....-.... ..-.... .....-.... ..-.... ....-.... ....-.... .... ..-....

Chapitre 44

« Madame, cela fait un bon moment que vous me racontez tout et son contraire. Cela suffit : ma patience a des limites. Dites la vérité. J'ai reçu ce matin une lettre de l'ancien assistant de votre mari...

— Je ne veux plus le voir !

— Il me confirme ses précédentes déclarations. D'ailleurs, il vient ici tout à l'heure.

— Je ne veux pas lui parler !

— Il me laisse entendre que c'est probablement vous qui auriez commis le cambriolage chez Pierre Bombomy.

— Ridicule ! Pourquoi aurais-je fait cela ? Je n'ai rien à dire, je ne sais pas. Il avance n'importe quoi...

— Ne m'obligez pas à vous placer en garde à vue pour vous permettre de réfléchir. Vous voulez que la police vous défère devant le juge et que tout Paris vous voie arriver, encadrée par deux policiers, au palais de justice ? Imaginez demain les titres des journaux avec votre photo en une ! Quoi de plus terrible pour vous ? Comme le juge n'est pas commode, il y a des chances pour qu'il vous expédie faire un petit tour en prison. Vous savez, vous avez beau dire, les prisons quatre étoiles, ça n'existe pas ! »

À dessein, je lui peins l'avenir noir qui l'attend si elle persiste dans ses propos contradictoires.

« Vous vous voyez derrière les barreaux de la prison pour femmes à partager une minuscule cellule à deux ou trois… ? »

Elle se met à sangloter : pleurs de circonstance pour m'impressionner. Je ne dis rien et la fixe d'un œil impassible. Elle ne peut soutenir mon regard. Elle simule un petit malaise en portant sa main à sa poitrine. Cela ne m'émeut pas davantage : c'est le signe habituel de ceux qui sont sur le point de parler. Elle geint, pleure à nouveau, dit qu'elle va mettre fin à ses jours ; tous symptômes annonciateurs d'un retour à la raison. Pour hâter ce retour, je me lève, m'installe à mon ordinateur et commence à transcrire ce qu'elle m'a dit. J'évite de la regarder et de m'adresser à elle. Quand j'ai terminé de taper, elle me lorgne du coin de l'œil.

« Madame, j'ai beaucoup d'autres dossiers à traiter ; je récapitule une dernière fois, à savoir que vous niez être directement ou indirectement à l'origine du cambriolage opéré chez votre voisin. Vous ne le connaissiez d'ailleurs pas au moment des faits. Exact ? »

Elle ne me répond pas, c'est bon signe : je suis sur le chemin qui mène aux aveux. Je poursuis :

« Il y a là un premier mensonge. Le gardien de votre immeuble et le collaborateur de votre mari indiquent tous deux que vos déclarations sont inexactes. Votre mari, d'ailleurs… »

Elle ne me laisse pas terminer ma phrase, se remet à sangloter. Elle ne joue plus totalement la comédie. Elle se met à trembler mais en fait cependant un peu trop. Au bout d'un instant, constatant mon indifférence à son cinéma, elle se redresse, sèche ses larmes, passe la main dans ses cheveux et me regarde droit dans les yeux :

« Je vais vous dire la vérité, commissaire ! »

Je ne rectifie pas, de peur de l'arrêter dans son élan de sincérité.

« C'est vrai que Pierre Bombomy était mon amant au moment du cambriolage, et c'est mon mari qui en a été l'auteur. »

Je m'attendais à tout, pas à cela ! Finalement, c'est astucieux de faire porter à un mort la responsabilité de l'infraction. Après les pleurs, voici l'épisode de l'invraisemblable et de l'invérifiable. Elle est forte, cette femme, malgré ses airs de pintade mondaine. Elle continue :

« Vous croyez que j'affabule pour dissimuler la réalité ? Eh bien, pas du tout ! Oui, mon mari, qui se doutait de mes relations intimes avec le voisin, a trouvé les clefs de chez lui en fouillant à mon insu dans mes affaires. Profitant de mon absence – j'étais partie en province régler avec mon frère la succession de nos parents qui traînait depuis trop longtemps –, il a sonné chez Pierre Bombomy pour avoir une explication avec lui. Comme Pierre n'était pas là, il a cru que nous étions ensemble. Furieux, il s'est introduit chez lui, a fouillé dans les tiroirs de son bureau, trouvé des lettres que j'avais écrites à Pierre. J'étais folle de lui. Je ne savais pas que cela pouvait arriver à mon âge, et après déjà deux maris. J'étais envoûtée par Pierre ! »

Elle se remet un instant à pleurer, mais reprend vite le fil de son récit. Je prends des notes pour le procès verbal. Elle m'étonne par la précision de ses souvenirs. Ne serait-elle pas en train de me débiter une version apprise par cœur ?

« Quand j'ai revu Pierre chez lui, pendant que mon mari était à l'Assemblée, le cambriolage avait eu lieu. Pierre était déchaîné contre Claude. Il n'a eu aucun doute sur l'origine de l'effraction quand il s'est rendu compte de la disparition des lettres. Le soir, il est allé trouver mon mari. Ce fut houleux, ils ont failli en venir aux mains. Pierre a exigé la restitution des lettres. Mon mari a d'abord nié être l'auteur du vol. Puis il a fini par reconnaître les faits, mais en précisant les avoir déposées dans un coffre, en sûreté. La seule condition pour qu'il les restitue à Pierre était le paiement d'une rançon, comme on fait pour les enlèvements. Après, tout a empiré. Mon mari m'a dit vouloir entamer une procédure de divorce. Pierre, qui ne voulait pas céder au chantage de Claude, lui a précisé qu'il allait contacter la presse et dénoncer ses agissements. Voilà la réalité !

– Pourquoi, si votre version est exacte, avoir alors alerté le préfet de police ?

– Par bêtise et irréflexion. Je le connais depuis longtemps et, pour me faire plaisir, il a pris pour argent comptant mes bavardages mondains. J'ai fait l'intéressante. J'ai aujourd'hui conscience d'avoir alors été légère et ridicule, et voilà que ça me retombe dessus !

– Le décès de votre mari est-il lié à tout cela ?

– Oui et non. Il avait un certain âge, souffrait d'hypertension. Il s'était remis à beaucoup fumer, avait notablement grossi depuis un an. Cette affaire le minait. Chaque fois qu'il croisait Pierre, ils s'injuriaient. À la maison, l'atmosphère était irrespirable. Je ne voulais pas aller habiter chez Pierre, et que l'on me reproche de surcroît d'avoir quitté le domicile conjugal. J'ai fouillé dans les dossiers de mon mari et trouvé des reconnaissances de dettes et autres documents compromettants. Je les ai montrés à Pierre. Il m'a dit que le financement des campagnes électorales avait une origine douteuse. Il s'est aussi aperçu que mon mari monnayait certaines de ses interventions. Il m'a dit que nous avions désormais les moyens de compromettre sa carrière politique et de mettre en cause, par sa faute, les plus hautes autorités de l'État, pour le contraindre à restituer les lettres.

– Votre mari s'est-il rendu compte que vous aviez fouillé dans ses affaires ?

– Oui, quand je lui ai cité les noms de ses *amis*, notamment de cet ancien colonel de la Légion qu'il a fréquenté, et bien d'autres. Cette dernière discussion, nous l'avons eue dans son bureau du palais Bourbon, en terrain neutre, hors de portée des oreilles du personnel de la maison. La cuisinière et la femme de ménage qui travaillent à notre domicile connaissent beaucoup de monde dans le quartier, elles adorent les potins et cancanent à tout-va. Par elles, tout le monde sait tout sur tout le monde. Or les gens qui vivent dans cette partie du XVIe arrondissement sont ceux qu'on retrouve partout dans les réceptions et dîners à Deauville, Megève ou sur la Côte. Vous vous rendez compte ce que l'on doit déjà raconter sur moi ?

– Comment êtes-vous entrée au palais Bourbon ?

– Par le garage souterrain, cela ne pose pas de problèmes. C'était Claude qui conduisait, j'étais assise à la place du passager, à l'avant. Le gardien surveillant l'a reconnu et l'a laissé entrer sans rien lui demander.

– Comment avez-vous quitté l'Assemblée ?

– Par le même chemin qu'à l'aller. J'ai pris les clefs de la voiture et l'ascenseur jusqu'au garage et suis sortie sans problèmes.

– Revenons à la discussion avec votre mari.

– Donc, on a tenté de faire le point ensemble et de trouver une solution amiable. Ça n'a pas été possible, il s'est mis en colère, m'a traitée d'idiote, d'oie mondaine. J'ai réagi très durement et lui ai dit qu'il n'était qu'un escroc. Je lui ai alors révélé que, dans l'un de ses placards à vêtements, j'avais déniché des documents compromettants…

– Quel genre ?

– Je suis tombée sur des relevés de comptes bancaires.

– En quoi étaient-ils compromettants ?

– D'abord parce qu'ils étaient dissimulés ; ensuite parce qu'ils émanaient d'une banque monégasque. Cela vous viendrait à l'esprit d'ouvrir un compte à Monaco quand vous n'y résidez jamais ? Sur ces relevés, j'ai constaté plusieurs dépôts d'argent en liquide. Je lui ai demandé des explications : je savais, par Pierre, que c'était de l'argent d'origine douteuse ; il a refusé de m'en donner, puis il m'a dit que c'était de l'histoire ancienne, puis que cela ne le concernait pas, mais un vieil ami… Fadaises ! Le compte était au nom de monsieur Notafir. Vous avez compris ?

– Non.

– Notafir, avec un *f* en moins, est l'anagramme de Riffaton. C'est Pierre qui a trouvé cela. Je n'y avais pas pensé. Et puis, les mouvements d'argent étaient aussi récents qu'importants. Claude s'est alors mis violemment en colère quand je lui ai dit – ce qui n'était pas vrai – que j'avais montré ces documents à un journaliste. Il a alors simulé un malaise. Mais je ne l'ai pas cru. Comme tous les politiques, c'était un fieffé comédien ! Il m'a joué un sketch auquel j'avais déjà assisté par le passé. Mais c'est vrai que j'aurais dû faire mieux attention. Il était très malade, avait déjà eu deux alertes cardiaques. Cela faisait plusieurs jours qu'il n'avait pas pris ses médicaments pour le cœur…

– Lesquels ?

– Trinitrine, Plavic, Coverzy, Kardegic 100… »

Elle me donne là encore l'impression de réciter une liste apprise par cœur. Elle l'a débitée d'une traite, sans hésiter. Je me dis qu'elle a dû préparer minutieusement son audition avec un avocat pénaliste expérimenté afin d'éviter les pièges. Après un début hésitant, probablement prévu, lui aussi, elle a maintenant des réponses bien ciselées à toutes mes questions.

« Pourquoi ne les avait-il pas pris ?

– Il n'en avait plus, et comme c'était moi qui allais les acheter...

– C'est sciemment que vous avez agi ainsi ?

– Non, pas vraiment... Bref, il était tout blanc, il transpirait, haletait, se palpait la poitrine. J'ai cru, je vous l'ai dit, qu'il me jouait la comédie. Je l'ai laissé seul et suis rentrée à la maison. J'ai alors appris qu'il était décédé brusquement d'une crise cardiaque. Voilà la vérité. Maintenant, décidez ce que vous croyez devoir faire, jetez-moi en prison ou ailleurs, tout cela m'est bien égal ! »

Après lui avoir fait signer sa déposition, je la place en garde à vue et me rends immédiatement au palais de justice pour informer le magistrat instructeur des derniers développements de l'affaire et solliciter ses instructions. Il délivre aussitôt un mandat d'amener contre Pierre Bombomy. En fin de journée, celui-ci confirme les déclarations de madame Riffaton. Il est remis en liberté le soir même. Le lendemain, la veuve du député est conduite devant le juge, qui l'auditionne longuement. Elle précise et complète la teneur des déclarations qu'elle a faites au commissariat. Elle est mise en examen pour non-assistance à personne en danger, chantage, et placée en détention provisoire, le temps, pour le juge, de vérifier certaines de ses affirmations.

Chapitre 45

J'ai bouclé mon enquête et remis au juge l'ensemble de la procédure relative au cambriolage du domicile de Pierre Bombomy. Il a conclu que l'action publique était éteinte du fait du décès du député.

Catherine m'a quitté très rapidement. Elle a été affectée à la Direction centrale des renseignements intérieurs et a obtenu, au choix, le grade de commandant de police.

La commissaire Florence Martin a été mutée dans un commissariat de la banlieue parisienne.

Ludovic Brunot se promène nonchalamment ; il est sans travail et, pour vivre, s'est inscrit à l'Agence nationale pour l'emploi.

Paul Robin, *alias* le Légionnaire, s'est acheté un bateau de pêche et navigue au large de Noirmoutier, entre les îles d'Yeu et du Pilier. En dépit des deux assassinats qu'il a commis et du fait qu'il a balancé Salvatore Civette, il n'a été inquiété ni par la police ni – encore – par les amis de ce dernier.

Salvatore Civette purge une peine de six ans d'emprisonnement, dont un an avec sursis, pour escroqueries et trafic d'influence.

Paul Casetti, *alias* Tintin, a bien été exécuté. Les auteurs de cet assassinat n'ont pu être à ce jour identifiés. Mais le juge d'instruction de Tours qui instruit le dossier a la conviction qu'il s'agit d'un règlement de comptes entre bandes rivales liées au milieu mafieux. Il apparaît en effet que la Brasserie de la Muette, qu'il fréquentait régulièrement, était alors aux mains de la pègre corse. L'ancien tenancier, parti faire fortune à Nice, a été interpellé et écroué pour recel et infractions au droit du travail.

Le président de l'Assemblée nationale n'a pas prononcé l'éloge funèbre de Riffaton, et les députés n'ont donc pas, comme c'est la tradition, rendu d'hommage solennel à leur ancien collègue. Dans l'histoire du Parlement, ces exceptions sont rarissimes. Récemment, il est vrai, un député qui s'est suicidé après avoir tué sa compagne, alors qu'il était en fonctions, n'a pas eu droit, évidemment, à ce rituel de la République parlementaire.

Chapitre 46

Finalement, sous la pression politique et médiatique et sur ordre du président de la République à la ministre de la Justice de transmettre au procureur de la République ses instructions pour l'ouverture d'une information judiciaire, un juge d'instruction a été désigné pour rechercher les causes exactes de la mort du député Claude Riffaton.

Le juge s'est fait officiellement communiquer le procès-verbal des déclarations qu'il avait faites devant moi par Pauline Riffaton. Elle les a confirmées devant lui. Elle a été mise en examen pour non-assistance à personne en danger. Mais le juge a surtout ordonné son maintien en détention provisoire en attendant les résultats de la nouvelle autopsie qu'il a confiée nommément à la professeur Séverine Legrix de la Salle, chef du service de médecine légale. Celle-ci a examiné longuement les viscères. Ses conclusions sont formelles : le décès du député a été la conséquence d'un empoisonnement au cyanure.

Pauline Riffaton a alors été mise en examen pour homicide volontaire. La justice lui reproche d'avoir administré à son mari une dose mortelle de poison.

Elle a toujours nié les faits qui lui sont reprochés. Elle admet n'avoir pas secouru son mari alors qu'il ne se sentait pas bien, mais elle refuse de reconnaître l'avoir empoisonné. Elle ne s'explique pas la découverte, par les policiers, au-dessus de son placard, dans l'appartement de la chaussée de la Muette, d'une petite fiole vide dont l'analyse montre qu'elle a renfermé du cyanure.

En dépit de la brillantissime plaidoirie de ses avocats, elle a été condamnée à quinze années de réclusion criminelle. Les avocats ont eu beau mettre l'accent sur la personnalité contestable de son mari, cela n'a pas ébranlé la conviction des jurés qui, à l'unanimité, l'ont déclarée coupable et lui ont refusé les circonstances atténuantes. Les avocats lui ont conseillé de faire appel de l'arrêt de la cour d'assises ; elle a refusé.

Chapitre 47

Le commissaire principal Paul Maréchal a été promu dans l'ordre de la Légion d'honneur et prolongé d'un an à la direction du commissariat du XVIe arrondissement. Il n'est plus question pour lui de départ à la retraite anticipé.

Lors du traditionnel pot d'arrosage de sa décoration, il m'annonce ma mutation à la Brigade de répression du banditisme, et mon accès, à l'ancienneté, au grade de commandant. Mais le sujet qui passionne mes collègues, ce sont les nouveaux développements de l'affaire Riffaton. C'est aussi ce qui intéresse les quotidiens.

Le Parisien titre : « Incroyable mais vrai ! » *Libération*, reprenant une phrase connue, proclame : « Responsable, mais pas coupable ! » *Le Monde* donne dans le factuel en écrivant : « Rebondissement dans l'affaire Riffaton ». *Le Figaro*, lui, titre, en s'appuyant sur un sondage qu'il a commandé : « Le président de la République a raison de vouloir réformer la justice. »

Il apparaît qu'Angélique Riffaton – son nom de femme mariée n'a pas été divulgué –, fille née du premier mariage du député, a remis très récemment au procureur de la République de Paris une lettre dont les journalistes publient la quasi-intégralité. Elle serait de la main même du député ; l'accrédité du *Parisien* au palais de justice précise que celui-ci a marqué de l'empreinte de son index la lettre qui aurait donc été rédigée avant son décès :

« Je n'en peux plus, Pauline ayant l'intention de révéler mes turpitudes, que je regrette, mais trop tard… je ne veux pas subir le regard désapprobateur de mes électrices et de mes électeurs, je leur demande de me pardonner. Je ne veux pas être désigné à la vindicte publique et vivre dans l'opprobre quotidienne, être une référence nauséabonde… Mon ambition a triomphé de la raison. Je n'ai donc plus d'avenir, seulement un passé auquel je ne veux pas être publiquement confronté. J'ai donc décidé de fuir.

« Tout ce qui m'arrive a aussi un autre responsable : la femme qui porte mon nom. Par ses agissements, elle a compromis ma carrière politique. Elle est responsable, mais pas coupable de ma mort. J'ai décidé de lui faire subir ma justice.

« Je choisis le lieu de ma mort : le palais Bourbon. J'ai tellement voulu y entrer, je ne veux pas en sortir vivant. Je me suicide au cyanure, comme dans les romans d'Agatha Christie.

« Je condamne celle qui porte mon nom à une double peine : celle des hommes, et ce sera certainement la prison, puis la mienne, qui sera la solitude et la honte pour le restant de ses jours.

242

« Que serait le fardeau de cette honte si la peine s'exécutait derrière des barreaux, au milieu de condamnées dont la compagnie est rarement la honte et le remords ?

« Étant la dernière personne à m'avoir côtoyé vivant, et après la découverte par les enquêteurs de la petite fiole ayant contenu de la poudre de cyanure – celle que j'ai cachée au-dessus de son placard de façon à ce qu'elle soit découverte par les policiers qui ne manqueront pas de perquisitionner mon appartement –, elle sera lourdement condamnée à une peine de prison.

« Mais – et c'est la raison de cette lettre –, en affirmant que je suis l'unique coupable de ma mort, je la disculpe. Elle sera remise en liberté. Et, c'est là ma sentence, elle vivra sous le regard réprobateur de tous.

« C'est ma fille Angélique qui fera état de ma sentence. Cette lettre porte mes empreintes. Elle a été cachetée à la cire avec des sceaux que j'ai enfermés dans un coffre avec copie de cette lettre, ouvert à l'agence du Crédit bancaire de France, au nom de Claude Angélique, près de l'Assemblée nationale. »

Riffaton termine sa lettre par cette citation de Balzac : « La haine sans désir de vengeance est un grain tombé sur du granit. »

Le retentissement médiatique de cette confession posthume est considérable ; les empreintes, l'analyse graphologique décidée par le procureur de la République ne laissent pas planer le moindre doute : elle a bien été écrite par le député. Les perquisitions opérées confirment par ailleurs les dires du défunt.

Le président de la République gracie alors Pauline Riffaton qui quitte la prison, et son avocat introduit immédiatement un recours en révision de son procès. En attendant, elle vit seule dans un petit studio du XIIe arrondissement de Paris.

Chapitre 48

Avant de rejoindre mon poste à la BRB, j'ai souhaité avoir une explication avec Catherine.

Elle n'a pas voulu m'en donner. Plus exactement, elle a admis n'avoir éprouvé à mon égard aucun sentiment profond. J'en ai conclu qu'elle m'avait aimé en quelque sorte par conscience professionnelle et nécessité de service, pour le bon déroulement de sa carrière. À la fin de la dernière de nos conversations téléphoniques, elle m'a dit que j'avais « finalement eu de la chance de la croiser », que cela m'a « évité de commettre des bêtises ». Elle n'a pas voulu me dire si c'était elle qui, directement ou non, était à l'origine du vol de mon ordinateur.

Quant à la commissaire Florence Martin, je l'ai revue : elle a consenti à déjeuner avec moi. Elle n'éprouvait aucun ressentiment pour ce qui lui était arrivé ni pour sa mutation en banlieue parisienne.

« J'ai joué et perdu, c'est la vie », reconnaît-elle devant moi – et elle ajoute, toujours en plaçant sa main sur la mienne : « Ne vous inquiétez pas pour moi, j'attends le moment où les cartes seront redistribuées. La vengeance est un plat qui se mijote à l'avance et se consomme froid.

– Mais vous venger de qui ?

– En premier lieu, de votre patron.

– Paul Maréchal ? Franchement, il est nul !

– Et vous, veillez à votre excès de naïveté. Il est nul, mais il la voulait, sa Légion d'honneur, tout comme il aspirait à rester encore un an avant la retraite. C'est lui, avec les services spécialisés, qui est à l'origine du vol de votre ordinateur. Il fallait connaître d'où venaient vos informations, ce que vous avez déclaré à l'assistant parlementaire. Il n'y avait rien sur votre ordinateur de bureau. En haut lieu, on souhaitait vérifier si vous déteniez des informations sur les turpitudes de Riffaton.

– Comment savez-vous tout cela ?

– J'ai été entendue par les "vieux" de l'Inspection générale des services. Quand ils ont su que nous nous étions rencontrés, ils m'ont d'abord fait placer sur écoutes, puis m'ont interrogée. Comme vous aviez relaté notre rencontre dans votre ordinateur, j'étais coincée.

– Je suis désolé…

– Je ne vous en veux pas. Mais faites attention : quand on a la responsabilité d'enquêtes sensibles, la règle est de ne rien écrire et de tout garder en mémoire.

– Cela explique votre mutation ?

– Ils m'auraient bien virée, mais ils n'ont pas pu.

– Pourquoi ?

– Pour faire simple, disons que j'ai des amis dans la police. Surtout, je leur ai dit que je détenais de multiples renseignements et documents sur les agissements de Riffaton, et qu'il y avait là de quoi inquiéter pas mal de monde. Ils ont compris qu'ils devaient –

ou plus exactement on leur a demandé de mettre – la pédale douce et ne pas sortir des clous. Comme Ludovic Brunot m'a confié les principales archives de Riffaton, je suis crédible.

– Et Catherine Pillet, dans cette affaire ?

– Elle est ambitieuse et très dévouée à son service. Je n'en dirai pas plus.

– Finalement, c'est pour des raisons politiques que vous vous êtes mêlée de cette affaire et avez voulu que je poursuive mes investigations au risque de sortir du cadre de ma saisine ?

– Contrairement à ce que vous pensez, non !

– Vous avez pourtant un engagement politique bien marqué…

– Je suis dans la mouvance politique de l'opposition, mais je n'ai adhéré à aucun parti.

– Alors, pourquoi avez-vous cherché à me manipuler ?

– Vous êtes bien curieux, commandant, me dit-elle en me regardant dans les yeux et en souriant. C'est donc l'heure des confidences ? Lorsque j'étais à l'Office central de lutte contre le trafic des biens culturels, j'ai beaucoup travaillé sur une affaire qui aurait dû permettre de coincer Riffaton, ses amis et une personnalité très en cours dans le milieu politico-médiatique, amateur d'art au point de ne pas se soucier de l'origine des pièces qu'il achetait et revendait.

– Et alors ?

– La procédure n'a pas eu de suites.

– Pourquoi ?

– L'intérêt d'État ! Trop de personnalités étaient impliquées. Avec cette affaire, j'avais moyen, par une enquête approfondie d'interpeller, outre Riffaton, la personnalité à laquelle j'ai fait allusion. Je veux ma vengeance. Pas pour moi, mais pour la justice et l'équité. Et je l'aurai. Voyez-vous, le suicide de Riffaton me laisse un goût amer.

– Vous pensez encore qu'il a été assassiné ?

– Non, quoique… Voilà, vous savez tout. J'espère que nos routes professionnelles se croiseront à nouveau… »

Chapitre 49

Dans *Le Mariage de Figaro*, récemment rediffusé par la télévision, Beaumarchais fait dire à l'un de ses personnages, je ne sais plus lequel, il faudra que je recherche : « Quand le déshonneur est public, il faut que la vengeance le soit aussi. »

Certain que sa femme n'hésiterait pas à divulguer ce qu'était sa vraie personnalité, convaincu que le lynchage médiatique et politique compromettrait alors à jamais sa carrière politique, Claude Riffaton avait donc organisé une mise en scène destinée à ce que sa vengeance soit publique.

Finalement, cette mise en scène voulue par Riffaton, orchestrée par lui, a abouti à localiser ses complices hors des voies de la Justice.

Le Pyla, 1er septembre 2009.

Du même auteur :

Romans policiers

Le Curieux, Éditions N° 1, 1986.
Pièges, Robert Laffont, 1998.
Quand les brochets font courir les carpes, Fayard, 2008.
Regard de femme, Fayard, 2010.

Essais historiques

La Justice au XIXe siècle : Les Magistrats, Perrin, 1980.
La Justice au XIXe siècle : Les Républiques des avocats, Perrin, 1984.
Les Oubliés de la République, Fayard, 2008 (Prix Agrippa d'Aubigné, 2008).
Les Dynasties républicaines (avec G. Gauvin), Fayard, 2009.

Essais politiques

Les Idées constitutionnelles du général de Gaulle, Librairie générale de droit et de jurisprudence, 1974 (Prix Edmond Michelet, 1974).
La Constitution de la Ve République, PUF, 1975.

Le Pouvoir politique, Seghers, 1976.
En mon for intérieur, Lattès, 1997.
Le gaullisme n'est pas une nostalgie, Robert Laffont, 1999.
La Laïcité à l'école, un principe républicain à réaffirmer, Odile Jacob, 2004.
Qu'est-ce que l'Assemblée nationale ?, L'Archipel, 2006.

Biographie

En tête à tête avec Charles de Gaulle, Gründ, 2010.

Composition réalisée par NORD COMPO

Achevé d'imprimer en mai 2011 par
BLACK PRINT CPI IBERICA, S.L.
Sant Andreu de la Barca (Barcelona)
Dépôt légal 1re publication : juin 2011
LIBRAIRIE GÉNÉRALE FRANÇAISE – 31, rue de Fleurus – 75278 Paris Cedex 06